# ミナトホテルの裏庭には

# 在那港湾旅馆的内院里

[日] 寺地春奈——著
刘雨桐——译

浙江文艺出版社

# 目录

# 盛开的不只是鲜花

## 1

“你知道疼痛是什么感觉吗？知道疼痛是什么吗？有被人从背后拿刀捅过吗？有摔断过门牙吗？那，那有从右手小拇指开始，被一根一根拔掉指甲吗？没有？没有啊……我也没有，从来没有。”

说完话，男人静静地闭上了眼睛，像是晕过去了。

为了让自己能忍耐骨折这样剧烈的疼痛，他试图回忆起比骨折更加惨烈的情景，催眠自己其实骨折也不是什么大不了的事情，可惜这样的自我催眠还是不奏效。也难怪，刚才他的右腿歪成那样，可不是正常情况下人所能做到的。

男人晕倒时，手指紧紧握住了自己，芯一根一根掰开，将它们轻轻放回男人的肚子上。

“这人的腿没事吧？”

他问身边的急救医生。

“这个……现在也不好说啊。”

芯不置可否地点了点头，仰头将视线投向了天花板。这还是他有生以来第一次坐救护车。

芯的全名叫木山芯辅，但是身边所有人，包括给他取名的爸妈都嫌这名字太长，不怎么正经叫他的名字，只管他叫芯。而几十分钟前从台阶上滚下来，现在在救护车里昏迷不醒的这个男人叫凑笃彦。这是两人时隔五年的重逢。

芯的祖父派他来拜访住在港湾大楼的凑笃彦，于是芯才冒雨搭地铁来到了这个地方。其实之前芯就认识凑笃彦这个人，却还是第一次来到港湾大楼。“港湾大楼”是这座建筑的名字，主要是供人投宿用的，所以知道的人都叫它“港湾旅馆”。正式的名字是个极难读的外国名字，没几个人记得。

祖父之前告诉他，背朝地铁一号出口，沿着那条写字楼鳞次栉比的宽阔大街直走，到第三个红绿灯路口右转，步行不一会儿就能看到一幢灰色的大楼。一楼咖啡馆的红色房檐十分抢眼，一看就能知道。而港湾旅馆就在大楼和临时停车场的中间，是一栋焦糖色的两层建筑，很好认。果然如祖父所言，芯轻易地就找到了地方。这房子比他想象的更漂亮。

推开嵌着圆形玻璃窗的金属门，正对着的就是大厅。里面有一个接待用的前台，但此时一个人也没有。前台角落里放着一盆生机勃勃的紫阳花，右手边是白色的台阶。

芯还没来得及跟凑笃彦打声招呼，就见他从台阶上叽里咕噜地滚了下来，捂着自己的右腿大声喊疼，怕是骨头断了。于是，芯只好手忙脚乱地叫了救护车。

“对，三十七岁的男性。”

驾驶座上的救护队员对着对讲机说道。芯在心里默默想：原来他已经三十七岁了。

五年前，芯还是一个二十岁的大学生，平时在补习班里做兼职，而凑笃彦是那里的正式职员。因为芯的祖父和他的母亲是旧识，于是两人也就认识了。芯在那个补习班只干了半年就辞职了，也不知道凑笃彦之后还有没有在那里工作。

芯打量着凑笃彦手指上夹着的血压计传感器、完全不知道干什么用的医疗器械、窗户上格外干净的窗帘，不知不觉间，救护车就到了综合医院。

天不知道什么时候放晴了。芯目送着这个三十七岁的男人被担架抬走，然后给祖父打了个电话。

“爷爷，是我。”

“出了什么事？”

祖父有个习惯，每次接电话的时候语气总会格外庄重。

“我现在陪凑到医院来了。”

“啊？怎么回事？”

祖父惊讶道。

芯把刚才的情况原原本本解释了一番，但祖父好像不太能明白的样子，只含含糊糊应了几声。

“事已至此，也没法放着他不管，总之现在只能先等他看完病了。”

跟祖父交代好后，芯挂了电话。

今天是星期天，下午三点的医院门诊大厅并没有多少人。虽然大厅里没有开灯，但是整个楼道穿堂风阵阵，二楼窗户里透出雨后朦朦胧胧的日光，室内还不算昏暗。

芯尽情地舒展开双手双脚，像是不想浪费这医院空旷的空间似的，靠坐在长椅上看着天花板发呆。碰上这事可真是麻烦。

“你知道吗?”

那是在周日早上八点，芯和祖父一起吃早餐的时候。两人面对面坐在厨房里那张四人用的餐桌旁，吃着一年三百六十天几乎雷打不动的早餐：涂了蜂蜜的吐司、冰牛奶，要是有谁特别饿的话，再加个煮鸡蛋。

说起来，每次祖父问“你知道吗”的时候，大概都会有什么麻烦事儿。小学的时候，有一次祖父问他：“芯，你知道蜘蛛网那种精致的美感吗?”芯傻傻地点了点头，结果一整个暑假都被迫每天陪着祖父，在各种小树林和废墟里收集蜘蛛网。

“你知道吗？芯，马上就是阳子的一周年忌日了。”

“哦……”

芯这次牢记前车之鉴，只做出这么一个似是而非的回应，低下头假装专心地给面包上抹蜂蜜。

阳子奶奶是祖父中学时期的老同学，也是凑笃彦的母亲。

以前，祖父每个月都要和阳子奶奶见一次面。当然不只是他们两个人，还有一个叫福田的圆脸爷爷，一个叫美千代的银发奶奶，几个人都是当年的同窗。他们管这种凑在一起谈天说地的活动叫作“互助会活动”。至于这个互助会具体是干什么的，就不清楚了。他们轮流在每个人的家里举办聚会，所以芯也见过他们几次。他当时在补习班的兼职，也是他们那时候给介绍的。

偶尔，他们也会邀请芯一起喝杯茶吃些点心，大多时候芯都会拒绝。毕竟年纪差太多了，也不知道跟他们说什么好。

阳子奶奶是祖父和福田爷爷当年的初恋，这是美千代奶奶主动透露的。芯仿佛看到了满面青春的祖父和福田爷爷穿着立领制服，躲在樱花树下偷看穿着水手服的阳子奶奶。那画面好像老式的黑白电影一般，一帧一帧，静默无声。他把这个想象讲给祖父听，结果老人家勃然大怒，说："这哪是那么早之前的事?"可对于芯来说，事情只要是过去了，就统统没什么区别。

阳子奶奶心脏不太好，查出病之后没多久就去世了。之前就是她给芯介绍的补习班兼职，所以芯原本也打算出席她的葬礼，可惜刚巧前一天发烧了，最后没去成。

那天早上，他顶着迷迷糊糊的脑子目送祖父一个人去往殡仪馆，之后又昏昏沉沉地睡了过去。等晚上醒过来的时候，他嗓子干渴，去厨房倒水却发现祖父一个人支着手肘坐在饭桌前。

芯清楚地记得，祖父那天难得喝了酒，感叹着"又有一个人去了啊"。他连丧服都没有换，就那么坐着静静地凝视着杯底，很久，很久。

“等到十月十日，就一年了。时间过得真快啊。”

祖父一边拧上蜂蜜的瓶盖子，一边小声地嘟囔着。

芯这才从回忆中抽回了意识。他是考上大学那年搬到这条街上来的，因为老家在靠近山里的一个小村子，离学校颇有些距离。本来打算自己找个公寓，但是祖父说他那儿正好有空房间，两个人一起住也是个照应。祖母去世之后，爸爸和大叔大伯们都很担心祖父一个人生活，所以这件事得到了全家上下的赞成。

除了芯以外，祖父还有五个孙子，但他说不愿意跟其他人住，嫌他们都太吵了。芯的沉默寡言常常让母亲无法理解，叹气连连，可到了生性喜静的祖父这里，反倒成了值得肯定的优点。毕业之后他找到了工作，理应搬出去，可是祖父和其他人都没提起这事，所以他就接着住了下去。关于家务，祖孙俩早就有了自己的事情自己做的默契，不过碰上芯连续加班的日子，祖父也会借着“饭做多了”的名头给他准备些晚饭。祖父从来不会过问芯工作上的事情，就算有时候芯主动提起，他也从不发表看法。

对于现在的工作，芯说不上喜欢，也不算讨厌，只是到了周日难免还是会生出几分忧郁。特别是每次想到那个极其烦人的同事——渡部，总是有些心烦意乱。今天也是如此。所以祖父跟他说话时，他也只是左耳朵进右耳朵出，不时点点头随便应和一下。

“这么说，你同意了？”

听到祖父这句话，芯才意识到自己刚才好像又糊里糊涂地答应了什么麻烦事儿。

“不好意思啊，您刚才说什么我没听到。”

芯坦白道。

祖父的眉间瞬时现出了一丝不悦，他摸着自己不似往日浓密了的短寸重复了一遍：“我说，你能不能帮我找找钥匙？”

“钥匙？什么钥匙？”

芯不解地问。

“我说你啊，刚才我说的话，你是不是一句都没听啊？”

祖父眉间的不满越发清晰。

“对不起，对不起……”

芯不好意思地双手合十，可祖父看他这副样子反倒更生气了，斥责道：“别这样拜我，像是我死了一样。”他只好放软态度，再三地好言相劝，祖父才又解释了一次。

“你知道阳子是港湾旅馆的老板娘吧？”

港湾旅馆的一楼是住宅，阳子奶奶和她的儿子凑笃彦就住在那里，这个芯是知道的。听说旅馆是在大正后期建成的老房子，他一直以为会是鬼屋一样的洋楼。现在到处都是又舒服又气派的旅馆，为什么有人偏偏喜欢住在那里呢？是因为那里特别便宜吗？

祖父说，前几天收到凑笃彦寄来的一个大号茶色信封，打开一看，没想到里面还是一个信封。同时还附着一封信，上面解释说：这封用胶水封好的信，是最近在整理港湾旅馆的登记册时发现的，因为写着“木山觉次郎先生收”，就寄来了。除了这几个字，还有一段潦草的字迹：我在柜子最里面发现了这东西，你一定也觉得很怀念吧？下次的聚会我可能参加不了了，帮我拿去给大家看看。——这大概是阳子奶奶住院之前准备好的东西。

祖父阴沉着脸说：“现在才发现这封信，肯定是因为他家里太乱了。”

阳子是个非常温柔、优秀的女人，可就是缺了点整理东西的能力，而祖父武断地认定了阳子的儿子在这方面肯定跟她如出一辙。估计这封信，就是因为一直垫在桌上高高垒起的书或发票下面，所以才皱皱巴巴的。

“你看看。”

祖父不知道从哪儿掏出了那个皱巴巴的信封。芯打开一看，里面是一叠练习书法时用的纸，大概有五十张。

“这是什么？”

“我们管它叫‘恣意书法’。”

“恣……恣意？什么意思？”

“就是放纵心里的那些放肆念头，随心书写的书法。”

芯从信封里抽出一张纸，读了出来。

“只想吃米果花生里的花生……这什么东西？”

“这是我写的。”

祖父一把抢走了芯手里的那页纸，他只好又掏出一张来看，只见上面的字迹力透纸背：不想叠洗好的衣服。

“这张是美千代写的。”祖父认真地说，“阳子写的，我贴了便笺，你看那个就好了。”

“您早说嘛。”

芯把贴了浅蓝色便笺的纸拿出来摆成一排。我的葬礼——这几个字猝不及防跳进了芯的视野，瞬间把他吓了一跳。

我的葬礼要在庭院深处的院子里办，葬礼上要准备很多笃彦喜欢的点心，音乐就放笃彦喜欢的《罗宾队长》的主题曲，要放飞很多气球，要办一个不让笃彦孤独，不让笃彦难过的葬礼。

“那时候忘记了。”祖父的表情很悲伤，静静地望着阳子奶奶写下的娟秀字迹，“我们可是互助会啊……”

“那个，之前我就想问来着，互助会到底是做什么的啊？”

“就是互相倾诉和倾听对方放肆念头的互助会。”

祖父和阳子奶奶、美千代奶奶、福田爷爷，就是这个互助会的成员。

“嗯？这是干什么的？”

“人长大了以后，就慢慢没有什么机会说真话了，所以我们在三十年前办了这个互助会。”

“这样啊。”

芯还是没有完全明白。祖父接着解释说，这个互助会是他们年轻的时候——不，应该说是比现在更年轻些，也就是中年的时候创办的。刚开始，大家还会带着各自的爱人和孩子一起春天赏樱花、秋日赏红叶。可之后渐渐地疏远了，直到十年前四个人才又重新聚集在了一起，至此，互助会就成了只有四个成员的小集体。

“要是谁有了什么天马行空的想法，其他人就陪着他去实现。所以到现在啊，还真做了不少事情。比如说，吃脸盆一样大的冰激凌甜点，一起去参加交谊舞课程，还有蹦极……”

“什么？你们还去蹦极了？”

芯惊讶地问道，祖父掩饰似的清了清嗓子。

“当时说想去蹦极的是美千代，但到了那儿她又怕得不得了，所以最后就放弃了。”

“这样啊。”

“哎呀，不扯别的，先说说阳子的事。”

祖父他们几个人非常愧疚自己忘了阳子关于葬礼的愿望，所以就想至少按照她的心愿举办一周年忌日的仪式。

“原来如此，这不是好事儿嘛！那就这么办呗。”

芯将手肘支在餐桌上，挠挠太阳穴，漫不经心地说道。

“问题就出在这个钥匙上。”

祖父将身子探了过来，终于说到了钥匙的事。

阳子奶奶提到的葬礼场所是她家的内院，院子四周是高高的墙，入口处是一扇金属门，门上挂着一把大锁。麻烦的是，现在这个院子的钥匙找不到了。凑笃彦说，这钥匙大概就在母亲阳子的房间里，但怎么都找不到。他也不是没想过自己去整理母亲的遗物，可那样，房间怕只会越来越乱。所以，祖父想让芯去帮忙找找这把钥匙。

“锁什么的，”芯叹了一口气，这事真的好麻烦，“把它砸坏不就行了吗？又不是……”

话还没说完，祖父的额上青筋暴起，一副怒气冲冲的样子，芯实在是不敢把后半句说完了。

“你瞧你说的这是什么话?！野蛮！还有没有点羞耻心啊?！啊！”

祖父的盛怒让芯有些害怕，可他完全不明白把锁弄坏进到院子里这事怎么就意味着自己没有羞耻心了，也许“院子”“锁”有什么隐喻？他连忙拼命回想刚才祖父说的话，还是一头雾水。总之，看这架势，破锁而入是不用想了。老年人在某些微妙的事情上总会格外顽固。

“那为什么非得让我去找钥匙啊？”

“因为你年轻啊。”

祖父答道。这实在是个简洁明了的回答。

“我们这些黄土都埋到脖子的人，剩下的时间也不多了，体力也不行了。你还很年轻，多的是时间，也有足够的体力，所以说这事还是得拜托你。”祖父接着说，“要是办好了，我给你奖励。”

“什么奖励？”

“给你准备一个大红包。”

芯一听这话，忍不住抬起头来，想问问大红包是多少钱。直接问钱肯定显得肤浅，但是他真的很想知道。祖父将两手放在膝盖上，对还在犹豫不决的芯郑重地鞠了一躬：

“拜托你了。”

“芯的爷爷好像从前的武士。”

今年二月分手的前女友曾经这么说过。精瘦的身材，黝黑的肤色，有神的目光，“木山觉次郎”这个名字，还有那种让人诚惶诚恐的气势，都和刻板印象中的武士如出一辙。

芯解释说祖父以前练过剑道，她深以为然地点了点头，还调侃说祖父卧室里有个以前公司奖励给优秀员工的挂表，上面的“制铁”二字和他的气势很合拍——虽然那两个字只是公司名称的一部分而已。

前女友以前经常出入他家，一直叫他小芯，有时候也会开玩笑叫他芯子①，还说芯的皮肤白，化了妆肯定很可爱，打趣着要他什么时候化上妆、穿裙子给她看。对于这种无理要求，芯当然是断然拒绝的。她被拒绝后，总会气鼓鼓地抱怨：“小芯最没意思啦。”

后来有一天，她突然提出了分手，理由当然不是因为芯拒绝穿裙子。当时，芯很惊讶，狼狈地追问分手的理由。她说自

---

① 芯子，一般是日本女孩的名字。

己喜欢上了别人，但芯觉得这个理由非常不靠谱，根本就是在骗他。但是没过几周，就看到她从一辆高级轿车的副驾驶座上走下来了。

原来是真的啊，她真的变心了。

那一瞬间，芯的脑子里被浑浑噩噩的思绪填满了。前女友注意到呆愣在原地的芯，向他走过来，低着头说："对不起。"

她右手无名指上的那颗黑色宝石，绚丽夺目。

芯试图打趣："这得值一百万日元吧？"

虽然一点也不好笑，但他确实只是想开个玩笑。

她面露尴尬之色："差不多五百万日元。"

据说是个什么品牌，芯之前连听都没听说过。他甚至有些不合时宜地敬佩起来，出轨的事瞒得滴水不漏，到了这时候倒是非常坦诚啊。

看着前女友远去的背影，芯不禁想：初濑要是还健康，他听说这事以后会有什么反应呢？可能会大笑："你个傻子，你这根本不是分手，而是被甩了。"笑完后，还会带他出去吃饭散心吧。可惜，现在初濑已经不再听他倾诉了。

初濑是芯上学时候的好朋友，有一段时间两人联系得甚至比恋人还要频繁。初濑之前复读了两年，年纪比较大，所以刚跟他认识的时候，芯不自觉地用上了敬语。结果有一天他发了火：“你这家伙也太见外了吧！”两人这才开始用朋友的口吻交往。初濑好为人师，现在芯所知道的很多没用的知识，都是从他那里学来的。有时候芯主动问起什么，他也会很高兴地解答。

上班以后，两人隔几个月也要见一次。初濑在一家建筑公司上班，好像工作特别忙，每次见到都是一副疲惫的样子。每次问他忙不忙，他总笑着说：“忙当然忙，不努力怎么行。”

一年前，初濑开始离职在家，跟他住在一起的妈妈特意叮嘱过芯别打扰初濑。

不知不觉，想起了太多往事，等回过神来，发现祖父正用一种奇怪的眼神打量着他。芯连忙扯回话题：“哈，还有红包哦。”

祖父说的大红包想必也没有多少钱，但是一想到他平时靠养老金度日，节俭到可以说是一毛不拔，如今为了实现友人的遗愿不计得失，芯还是被触动了。他最终答应了帮忙找钥匙。

也不知道该说你是老好人，还是没主见——前女友以前就是这么说的。

芯跟祖父约的是下个星期日去港湾旅馆拜访，结果去了，就看见凑从台阶上滚了下来。然后，就跟到了现在。

时薪950日元。

芯从包里拿出一本兼职招聘广告翻看着，他不打算考虑什么“职员年轻化，工作氛围轻松”的那些工作，据他学生时期的打工经验来看，现实情况与广告往往是相反的。他正想得出神，就见凑腿上打着夸张的石膏，拄着拐杖，沿着昏暗的楼道，僵硬地向他走过来。他迅速把广告册塞回了包里。

“腿怎么样了？”

“医生说，得三个月才能完全恢复。今天多谢你陪我来医院啊。”凑笃彦看着芯，试探似的说，“……你是木山？”

“好久不见。”

芯点了点头。凑笃彦没有带钱包，刚才的医药费都是芯垫付的。等一下还要打车从医院回港湾旅馆，看来这出租车费也理所当然要摊在自己的头上了。

好像要下雨，阴沉的乌云铺了一整个天空。医院的墙壁也是灰蒙蒙的，整个世界都好像沉浸在了黑白电影中。

平时，医院大门口总会停着几辆等客人的出租车，可今天一辆都没有。芯只好打电话叫了一辆。等车的时候，凑笃彦问能否抽根烟，芯点点头同意了。

凑笃彦将整个身子靠在拐杖上，艰难地从胸前的口袋中摸出一包皱巴巴的烟，用一个印着奇怪的猫图案的打火机费劲地点燃了一根。灰色的世界里，燃起了一团渺小的红色火光。

“木山现在是自由职业吗？”凑吐出一口烟问道。看来，他刚才注意到芯手里拿着的兼职招聘广告了。真是个敏锐的人。

“我现在在公司上班。”

凑笃彦瞥了芯一眼，点点头，也没再继续问下去。他是那种比起说话内容，更擅长从对方说话时的表情、音色等细节揣摩对方言外之意的人，这一点，芯之前和他共事的时候就深有体会。

“你现在还在那个补习班工作吗？”

“辞了。”

凑笃彦吸了一口烟，回答道。

“什么时候的事？”

“去年。”

凑笃彦用听不出悲喜的冷淡语调解释了一番。那时候阳子查出了病，他本想暂时停职，不承想最后彻底辞了。

“对了，这次我来是……”

芯正想趁机解释一下来意，结果出租车来了，两人的对话也被打断了。

“我知道，你来帮我找钥匙的嘛，你爷爷之前打电话跟我说了。”

等坐上出租车舒适的后座后，凑笃彦说道。

“嗯，听爷爷说阳……您母亲一周年忌日要在旅馆后面的院子里办。”

芯闪躲着眼神，偷偷打量着对方。明知道阳子奶奶就是凑笃彦的母亲，可他还是忍不住想确认一下，毕竟凑笃彦给人的感觉跟记忆中的阳子奶奶差距太大了。这么说来，好像还从来没有见过他们两个人在一起呢。

在芯的印象里，阳子奶奶是个少女一样的奶奶。这不是说她看起来年轻，而是她和别人说话的时候，总是喜欢在句尾加上少女一般轻轻的笑声。有时候就算没有笑，也洋溢出一种掩不住的开心。可能她就是这样的人吧，一个永远都快乐无忧的女人。

而凑笃彦呢，跟一只乌鸦似的，从不见有笑的模样。以前打工的时候，芯就觉得他总摆出一副无所谓的清高姿态，自恃聪明。不过，要是非常仔细地去感受，也能发现他的可爱之处。他的个子比芯高，身量也不是一个级别的。不胖，但特别壮硕，肌肉看起来紧致有力。然而，他那天只是从台阶上摔下来就骨折了，也许也没有看起来那么结实。他戴着一副眼镜，靠近耳朵边的那一小截眼镜腿像是断了，用胶带粘着。芯以为那也是那天从台阶上摔下来的时候弄坏的，结果不是。

“这是之前跟我的猫玩的时候弄坏的。”

“原来你还养猫啊。”

虽然芯也不是特别想知道，但话赶话，不自觉地就问出了口。

“嗯。”

凑笃彦点头的时候有个特点：头上下摆动的同时，从鼻子呼出一口长气，听起来就像是笑出了声一样。

“焦糖。”

凑笃彦这一句没头没脑，芯都不知道他在说什么。

“我的猫，它叫平田焦糖。”

嘿，这猫不仅有姓，而且还不跟主人姓。念着“焦糖”这两个字，凑笃彦的声音也变得甜腻，跟灌了焦糖糖浆一般。

他又接着说起了正事：“本来我是想跟你一起找钥匙的，但现在弄成这样，恐怕我是帮不上忙了。不过，钥匙肯定在房间里，你随便进去找就行。自从找到了阳子的那封信，我就什么都没动过了。”

“好的，我知道了。”

阳子奶奶的房间看来是真乱，这次的工作也许注定困难重重，怕得花上好几天了。辞掉了补习班的兼职以后，芯又在一家政服务公司干过一段时间，每天主要的工作是帮人遛狗，偶尔也要帮别人收拾房间。只要用上那时候的技巧把东西规整妥当，再搬开家具找一找，肯定能找到钥匙的。

芯隐约记得之前有一次，他帮一个家里乱得像垃圾场一样的独居女孩打扫房间时，从衣橱里面找到一枚白金戒指。那枚戒指是女孩的前男友送的，女孩当场就哭了出来。原以为能心平气和地住在这种脏乱房间里的人一定都大大咧咧的，没想到他们还有这样感性的一面，看见那些旧物也会痛哭流涕啊。

“一周年忌日啊……”

凑笃彦叹了口气，小声嘟囔着。

“你想怎么办？”

“我是觉得一周年忌日按照一般的传统形式就行。现在这样，有一点……有一点麻烦。”

对啊！

芯在心里附和着。

“你看啊，我今年都三十七岁了。那遗愿可是她在我小时候写的，现在哪还用她担心我孤独难过啊。唉，要是寄信之前看看里面写了什么就好了。”

对啊！

芯很想说，努力忍住了。

“不过要是木山大伯他们想这么办的话，也行吧。我挺能理解他们这种没能为朋友做点什么的遗憾。”

凑笃彦继续嘟囔着。

芯还想问问他今天怎么就从台阶上摔下来了，可还没等问，出租车就到了港湾旅馆门口，他只好赶快付了钱扶凑笃彦下车。结果一下车，凑笃彦的拐杖就戳进了水沟里，把他的鞋子也给弄湿了。

刚才来的时候芯没有注意，现在仔细一看，才发现港湾旅馆的大堂里有三扇茶色的门。右边两扇，左手边靠大门口还有一扇。

“不对，是四扇。”

听见芯的嘀咕，凑笃彦撑着拐杖回过头来。前台的左侧还有一扇白色的门，因为和墙壁颜色一样，所以芯打眼一看没瞧出端倪来。凑笃彦介绍说白色的门后面就是阳子奶奶的房间，而左手边是他的，此时那扇门正半开着。

“哎呀！这可糟了！”凑笃彦慌了神，跌跌撞撞地往屋里跑去，完全没有理会身后一头雾水的芯，只是一个劲地大声喊着：“焦糖！焦糖！”屋里久久不见回应，呼唤的声音带上了几丝悲切。过了一会儿，他灰败着脸，走出门来。

“不见了，我的焦糖不见了……”

## 2

哎呀，哎呀。

哎哟，哎哟。

这都是美千代奶奶的口头禅，今天芯从港湾旅馆回到家的时候她也在，这口头禅说了不下五十次。

“这么说，你现在除了要帮他找钥匙，还要帮他找猫？”

“对。”

芯忙着选明天上班穿的衬衫和领带，选完后又把手帕、卡包、计算器和笔盒一样一样从包里拿出来，摆在桌子上检查有没有遗漏。从小学起，这就是他的习惯。亏得这个习惯，芯很少有忘带东西的时候。

美千代奶奶一个人坐在芯门口的隔扇后面，保持着标准的正坐姿势。不知道是不是心理作用，她的眉毛似乎正不高兴地耷拉着。

如果说阳子奶奶是个少女一般的奶奶，那么美千代奶奶就是个极其严肃正经的奶奶，但是对于芯来说，和后者交流起来更自在。也许是因为太瘦了，她脸上的皱纹格外深，银白色的头发也有些稀疏，总穿着烫得板板正正的衣服，说话干脆利索，毫不拖泥带水。可能是因为家里开着书法教室，她自带着一种气势，让人忍不住想喊一声“老师”。

芯的脑海中瞬间掠过一个念头：说不定祖父他们的“恣意书法”，就是美千代奶奶组织的。

平田焦糖是一只有逃跑前科的猫。据说它以前也自己跑出去过，几个月不回家，害得凑笃彦到处找。后来是在离家几千米外的庙里找到的，后腿还受了伤。从那以后，凑笃彦每次出门都一定会关上门。而今天因为事发突然，一时疏忽就没顾上。

凑笃彦满心担忧，念叨着焦糖前几年腿受了伤，现在走路都走不快，再加上年纪大了，实在是让人揪心。于是，芯就顺嘴提起自己以前在家政服务公司的时候也找过猫。这一下，凑笃彦就认定了他是找猫的好手，恳切地拜托他去把焦糖找回来，还许诺了一笔酬金。

芯本想说这种事你自己去找不就好了，结果这话没说出口。因为凑笃彦正无言地指着自己打着石膏的腿。他又搬出工作来推辞，说自己实在是太忙抽不开身。这下倒好，凑笃彦更得寸进尺：“要是你能在找钥匙和猫的空闲时间里，来帮我看看店，就更好了。”

“哎呀，哎呀。所以你就答应他了？”

美千代奶奶的眉毛垂得越发厉害了。

“对啊。他说不是找到了才给报酬，是像兼职那样每天给我结算工资的。刚好周末和晚上也没什么好工作，这个还挺合适的。要是普通的兼职，万一被公司发现就麻烦了，我还一直没找到一个能偷偷打工的地方呢。”

而且，这工作只要坐在前台就行了。换床单啊，打扫卫生什么的，自有别人来做。

美千代奶奶听了他这番解释又连声感慨了一通，端起肩膀谨慎地问道：“你是不是欠人钱了？怎么突然这么缺钱？”

她的眉毛垂了又垂，现在已经完全是个“八”字了。

“你之前答应去找钥匙，也是因为木山说会给红包，对吧？”

她歪头看着芯。

木山，这个称呼又让芯想起了那部无声的黑白电影。虽然他们现在都是老人家了，可也都曾拥有过中学时期的青春岁月。

“没有，我没欠钱，也没贷款。”

芯赶紧从抽屉里拿出存折来给对方看。他每周一都要去银行确认余额，刚放进包里前扫了一眼，2260512 日元。虽然没有贷款，也没有欠钱，但是还远远不够呢。

只是这话没法对美千代奶奶说出口。

“您看我没骗您吧？”

“嗯，倒是。总之要是能找到钥匙就好了。哦，对了，还有猫。”

美千代慢慢地站了起来。老旧的走廊上传来了嘎吱嘎吱的声响，是祖父来了。

“没问题，芯肯定能做好的。来，拿着这个。”

祖父拿出一个麻布袋。芯惊奇地发现里面是一本《虞美人草》的口袋书、一盒外国产的巧克力，还有一个菠萝罐头。

“这是什么？”

“你拿着吧。”

祖父郑重地对芯点了点头。他经常这样，强迫人家带一些没有用的东西。不只是对芯，对其他人肯定也说过类似的话。

“肯定有用的，你随身带着就行了。”

芯的心里还是有些怀疑，但点点头，顺从地将这些东西放进了包里。以前大伯说，祖父逼着他抱一个坐垫回家，走着走着，迎面撞上了一辆自行车，手里抱着的坐垫刚好起到了缓冲作用，使他只受了些轻伤。

美千代奶奶又开始“哎呀，哎呀”地感叹起来，芯也只好又含糊地回应了几句。

“饭好了，来吃吧。”

祖父率先朝着厨房走去。饭桌上已经摆满了饭菜，大多是美千代奶奶做好带过来的。那些八宝菜、土豆羊栖菜，等等，一看就不是祖父做的。芯拉开椅子，在祖父的对面坐了下来，美千代奶奶选择了芯旁边的位置。桌上的碗筷都是三人份，看来今晚她要留下来一起吃晚饭了。

“今天不用回家吃饭吗？”

芯知道美千代奶奶的丈夫大概这时候也在家里，随口就问了问。

她淡定地回答道：“芯，你可能还没什么体会，但是这夫妻啊，要是两个人整天在家里大眼瞪小眼，反而会互相厌烦呢。”

“这样啊。”

“就是这样。”

她拉开了椅子坐下。

“啊，饭前可不能忘了这个。”

祖父自言自语着拿出了一个白色的袋子，而另一边美千代奶奶也拿出了一个装饰浮夸的盒子，两人各自掏出了药片，就着白开水喝下去了。祖父两种，美千代奶奶四种。芯无意地看着两人，美千代抱怨说：“人啊，上了年纪，要吃的药可越来越多了。”

“就是，还得注意血压啊，血糖什么的。”

祖父也搭腔道。

吃完药，三个人便各自无话，安静地吃着自己的晚餐。还是一如既往的清淡啊，是为了控制身体摄入的盐分吗？美千代奶奶很热情，经常会把自己做的菜拿来给祖孙俩吃，但是口味淡得不像话，搞得芯每次吃的时候都会在心里默默呐喊：来点盐吧，不然酱油也好啊！不过，在热心的大厨面前表现出对调料的渴望，实在不好意思，只好就这么吃了。

“芯，港湾旅馆可不简单呢。你既然答应了帮忙看店，就要好好干啊。”

美千代奶奶突然打破了沉默，芯一愣，不由得停下了筷子。

“不简单？怎么个不简单？”

不知道为什么，听见芯这么问，祖父和美千代奶奶两人默契地对望了一眼，同时发出了迟疑的沉吟声。

难道是有鬼？芯脑海中唰地蹦出一个念头。那么老的旅馆，闹鬼也不奇怪。

“闹鬼了吗？还是怎么回事？”

“傻孩子，不是这回事。”

看着芯抽搐的脸，美千代奶奶扑哧一声笑了出来。

“也不是什么坏事，就是……”她低下了头，像是在沉思，“怎么说呢，那家旅馆以前也和普通的旅馆没什么区别。”

港湾旅馆是大正末年建起的一家小型旅馆，二战的时候停业了一段时间，到昭和三十年（1955）前后才重新开始营业。旅馆只开在二层，其中六个房间用作客房，浴室、卫生间什么都是公用的。以前一层还有一个餐厅，现在已不用了。

“自从阳子的丈夫去世以后，不对，也有可能是在那之前，旅馆就关了。”祖父一边说着，一边也没停下筷子，“阳子的丈夫是在三十多年前去世的，办完葬礼没多久，阳子就把旅馆的招牌卸了——就那块写着很难念的外国名字的招牌。不过，差不多半年以后，阳子又悄悄地重新开始营业了。”

“反正啊，来这里的客人都是有点隐情的。也不知道这些客人是冲着没有招牌才来的，还是阳子为了这些客人故意没挂招牌。嗯……我猜应该是后者吧。”

美千代奶奶说旅馆里住着很多不能和人签租赁合同的人，只要花上跟房租差不多的钱，就能长期住。芯一开始还不明白什么是“不能和人签租赁合同的人”，她解释说就是离家出走的女孩、无家可归的人之类的。

芯点了点头，但心里还是不太明白：阳子奶奶为什么偏要做这样的生意？

“阳子是个特别好的人呢。”美千代奶奶十分怀念。

祖父赞同地点了点头，还特地转过身来看着芯强调说：“是的，特别好。”

“你们两个说到阳子奶奶时的表情，温柔得好像正在抚摸小奶狗一样。”芯忍不住笑了起来。

没想到美千代奶奶听了这话，突然探上前来，指着芯说：“对啊，我特别喜欢阳子。”

芯被吓了一跳，险些呛住。

“我们所有人，都特别喜欢她。”

“唉，阳子也是受了很多苦。”

祖父不知道什么时候把自己面前的菜都吃干净了，芯的碗里还剩了一半。

“我看着阳子奶奶总是很高兴啊。”芯反驳道。

祖父听了这话连连摇头：“你这么觉得，是因为你还是个小毛孩儿呢。”

“小毛孩儿？”

“是啊，还没长大呢。”美千代也跟着说。

祖父点了点头，闭上眼睛。芯知道这是他累了的表现，也不再作声。

“说起来，之前笃彦在外面有工作，我还以为他会把旅馆关了呢。真是意外啊。”

美千代奶奶轻轻地清了一下嗓子，换了口吻。

据说葬礼之后的那天晚上，凑笃彦郑重而坚定地对大家承诺要继承旅馆。芯实在想象不出那个画面。郑重，坚定，这和他平时唠唠叨叨的形象实在太不搭调了。

怪不得那时候从那家补习班辞职了啊。

芯不由得想起凑笃彦那天拜托自己帮忙时的情景。

“为什么非得找我帮忙？”

凑笃彦无言地指了指自己打了石膏的腿。

“我不是问为什么需要帮忙，我是想知道为什么非得找我呢？”

“我觉得你正合适。之前一直想招个人来帮帮我，但是这家店没有招牌，也不能正儿八经地贴个招聘启事来。”

现在，芯才真正理解了他这话是什么意思。

“你看，你也想偷偷打工不让公司发现吧？所以在我这工作正好，我们这个旅馆可没有嘴碎的人。而且，你还是个找猫高手。”

“我都说了我不是！”

尽管芯明明白白地解释了好几遍，凑笃彦都只当他是在谦虚。

芯把这件事说给祖父和美千代奶奶听，两人对视一眼，轻轻一笑。

其实凑笃彦后面还跟了一句：因为你看起来很冷淡吧，当然，褒义的。不过，这句话他不打算和祖父他们说。

第二天早上，芯比平常更早出门，打算今天上完班就直接去港湾旅馆。

他的公司在写字楼的七楼，离车站只有步行三分钟的距离。芯通常都爬楼梯上去，也不是为了锻炼身体，就是单纯不愿意坐电梯。那种被拘束在一个狭小空间里，和不认识的人在密闭环境中共处的感觉太痛苦了，眼睛都不知道该看哪。他不喜欢这种尴尬。

出楼梯间以后，可以看到正对着电梯有一扇玻璃门，这里就是宫村综合经营研究所。员工中，名片上写着注册税务员的有四名，写着社保劳务员的有一名，同时写着这两种头衔的有三名，没有头衔但负责各种辅助工作的有十四名。除此之外，连名片都没有的临时工有六名。每天早晨十点以后，这家公司的老板宫村才会悠悠闲闲到公司。有时候，他的妻子也会带着点心来公司转转。容纳了约三十人的公司里，空气总是干燥的，在里面待久了，连眨眼的次数都频繁起来。在这干燥的海洋上漂浮着的，是五个由桌子拼凑起来的孤独岛屿。

干燥的海洋，哈，这比喻也太奇怪了吧。芯不由得笑了出来。

有几个人来得早，此时已经坐在桌子前了。有人一边啃着面包，一边浏览着网上的新闻，也有人飞快地按着计算器算着什么。芯跟大家打了招呼，快步走到自己的桌前。

吸气，吐气，努力扯开嘴角。芯在脑海中构想出一根横线，线的两头无限延伸，没入了虚无。这样的冥想，总会让他变得心平气和。

他每天早晨都会做这样的准备，就像进入冰凉的游泳池之前，要先把水泼到身上预热一样，心情也是需要预热的。这不是说他讨厌这份工作，只是工作本身就不是轻松的事。自己的工作成果不被人认可，上司的指示朝令夕改，这都是常有的事。有时候，甚至会遇上一些让芯气得暗暗骂娘的事情。但是，如果每件事都要追根究底，一一生气，那可太浪费气力了。

所以这种时候，就需要克制自己的情绪。芯很早就意识到，虽然没有必要压抑情绪完完全全地按照上司和客户的意思处事，但是也没有必要在所有的小事上过度浪费感情。有一次，他跟美千代奶奶谈起这个感悟的时候，对方还笑着感叹说："你真是个明白人。"

在这家公司里，芯就是那种名片上没有头衔的员工。当时面试的时候，他信誓旦旦地说打算考下至少一个国家资格证，可实际上，他对这种事完全没兴趣。

选择来宫村综合经营研究所，也不过是排除法选择的结果。在所有收到面试合格通知的公司中，排除掉假期过少的、工作量过多的、今后的工作地点不明确的这些公司之后，就剩了这一家。

他不讨厌这份工作，甚至偶尔也能从工作中得到成就感，但若是有人问他这份工作是否值得他奉献一生去奋斗，好像也不是那么一回事。当然，他也没有别的什么理想中的事业。

芯从包里取出笔盒和计算器放在桌子上，摆放的位置和往日一样。他从右侧的文件盒中拿出几个透明文件夹，将里面按照待办期限顺序排列的文件重新调整了一遍，把最麻烦的工作放在最前面。这与其说是芯自己的办事风格，不如说是祖父教导的结果。祖父曾跟他说过，麻烦的事就算一直拖着，也还是麻烦的事，而如果一开始就把不想做的事拖着，这种厌恶的情绪就会一直挥之不去，其间即使碰到值得高兴的事情也无法发自内心地开心起来。所以，还不如一开始就把麻烦解决掉，这样等做完事情就会一身轻松。

芯埋头专心处理手头的资料。这工夫，其他人也陆陆续续到了，不一会儿办公室里就坐满了人。

若是有人问芯平时工作都要做些什么，他一般只会回答："帮别的公司打包处理麻烦事儿。"毕竟，税金计算、资金转结、社会保险的手续等确实都是非常重要的事，但工作本身却烦琐至极。所以，一般的公司都是付钱外包给专业的公司去做。

有时他也会把自己的工作定义为是帮别人赚钱的工作。比如，替一些富人家想尽办法合法避税，让他们的子孙后代能够继承到更多的财产。芯偶尔也会在心里默默地想：每天都在帮别人精打细算，但自己到底在做什么呢，替一些月薪比自己年薪还高的有钱人操心财产状况？

每当他产生这种疑惑时，又马上会劝自己：这世界上总要有人做这样的工作。那么，关于为什么非得是自己做这份工作？他没有多想。因为一旦开始思考这件事，就会陷入其中不可自拔。

临近正式上班的时间，芯旁边的椅子才被人拉开。用余光瞧见来人，芯在心里又默默冥想了那根无限延伸的线，五秒钟后才抬起头来和对方打招呼。

“早上好。”

渡部瞟了芯一眼，漫不经心地回了一声：“好。”

他剪得短短的头发在额头上卷成一团，大概是因为自来卷吧。这个人最喜欢说两句话——“不知道你在说什么”和“当女人就是好啊”，所以公司里所有的女性都避他如蛇蝎。要是有人嫌他说话难听，他就夸张地歪着嘴挑起一边眉毛：“哎哟哎哟，开个玩笑嘛，怎么玩不起啊？”说完，还发出一声嗤笑。很是讨人厌！

渡部比芯大十岁，芯刚一进公司就被安排在他的手底下做些辅助工作。他是名片上写着“注册税务员”的员工之一，手底下只要是女性员工，无论是兼职的、派遣的，还是正式的全部待不长，辞的辞，走的走。芯猜测自己是因为男性身份，才被安排过来的。

女人就是没意思，玩笑都开不起，不中用，不中用——这话听着可不刺耳吗，怪不得讨人嫌。不是别人开不起玩笑，而是你自己总说些没意思的话吧。毕竟幽默风趣这东西不是说话人自己说了算的，得听话者买账才行。这是芯的想法。

渡部心情好的时候，也会在工作上指导两句，但更多时候是不耐烦，甚至会为了把芯打发走直接抢过工作：“行了，行了，我自己做吧。”

要是谁说话没顺着他的意，他劈头就说不知道对方在说什么。这话的潜台词其实是：你惹老子不高兴了。说到底，他完全没有打算去弄明白的意思。

渡部一边喝着像是在车站门口的咖啡店买的超大杯咖啡，一边抱怨昨天全家一起去水族馆时候的事。他说自己和两个孩子都吃完午饭了，他老婆居然还没吃完，出门前化个妆也磨磨蹭蹭的。

渡部对面座位是一个四十岁左右的兼职女员工，叫横田，她听了这话悠悠地回了一句：“还不是因为她要先照顾两个孩子，再处理自己的事，才会慢的？”

话还没说完，渡部就打断了她：“不知道你说什么。”

横田气得脸鼓鼓的，芯正好跟她视线相对，就轻轻地冲她点了点头，意思是：别计较了，他就是这样的人。也不知道横田懂了没有？

横田真是个好人啊，芯心想。她明知道渡部会怎么对待不顺着自己的人，还是坚持说出了内心的想法。虽说芯自身已经放弃了去改变渡部的想法，每次都只是敷衍地应答，可他还是对横田这样勇于坚持自我的人满怀敬意。只是同时，他也有一种难以解释的低落感。

他望着此时正低头敲键盘的横田，心想：也许因为她也是个母亲吧。听说她有一个已经上了大学的女儿和一个还在读高中的儿子。说起来，芯的母亲在家也经常对着沉默的芯和满口脏话的弟弟唠叨个不停。

但是，渡部又不是横田的儿子。芯其实想劝她别管这种人了，为他消耗自己的气力不值当。听渡部平时说话就知道，他肯定是那种把孩子和家务全推给老婆的人。望着他平整的衬衫和公事包中露出一角的便当，芯出神地想：他这样一边瞧不起女人，一边又事事依靠女人，究竟是什么心态？

芯不知不觉忘记了手边的工作，等意识过来后，连忙摇了摇头。可不能再想东想西了！他又埋头专心做自己的工作去了。

每天中午午休的时候，芯总是去外面待着。如果刚好有需要外出的工作，他也攒着在中午前后做，顺便出去。这是因为到了中午，大家总会自然而然分成小团体，几个人凑在一起吃饭。芯不喜欢这样的场合。而且，几个人一起去吃饭的时候也不说话，就各自玩手机，这多折磨啊。所以，他觉得还是一个人吃饭来得自在。

芯从楼梯上下去，走到六楼和七楼之间时，隐约瞧见平台上有一个人正背对楼梯蹲着。他有些惊讶，自他上班以来，还从来没在楼梯上碰见过别人。

蹲在那里的，好像是个年轻的女人，芯觉得她身上那件蓝色的衬衫有些眼熟。那蓝色如深海 般，深沉且优雅，他之前就注意到了。

是派遣员工花冈。

芯停下脚步，惊讶极了。此时，花冈正蜷缩成一团，身体剧烈地颤抖着，像是在哭，也像是身体不舒服。要是哭了的话，他最好假装什么也没看到，但要是身体不舒服，可不能放着她不管。他犹豫了几十秒，决定从她身边经过以后，再假装无意地回头看看。

“不好意思，借过一下。”芯经过她身边时，听到了吸鼻涕的咝咝声，心里立刻明白了：原来真的是在哭。正想快步走过去，花冈开口了：“不好意思啊。”

他只好站住了。

“我在这儿哭，让你见笑了。”花冈又对芯道了歉。她低垂着脸，垂肩的头发乱蓬蓬的。

“你没事吧？”芯心里也知道，看这样子肯定不会没事，但是也实在没什么别的话好说。

花冈点了点头，仰起了脸。她眼下有着不输衬衫颜色的青黑色眼圈，鼻头因为刚哭过而红红的，再配上白皙的皮肤，整张脸看起来像个调色盘，还是那种一看就很丧气的颜色。是不是在工作上碰上什么麻烦了？

印象中，花冈好像比自己小一岁，因为负责的工作没有交集，平时没说过几句话，只隐约记得老板宫村曾经夸她工作认真，记性也很好。芯看着花冈五颜六色的脸庞想，这好像是第一次认认真真看见她的正脸。却见她眼角滚出一滴泪珠，他连忙别开脸。

花冈用手中紧握的手帕按了按通红的眼睛，解释说："我……我本来想去卫生间一个人哭的，可没想到今天里面有人。我正等着的时候，听见有人来了，一着急跑来这里了。"

"这样啊。没事的，这个安全通道平时除了我没人来，你放心在这里哭吧。"芯小声说完，侧身从她身边下楼了。走了几步又像是想起了什么，转身回来从包里掏出一样东西递到花冈的面前。

"给你。"

这是昨天祖父让他装在包里的那盒巧克力。

看到女孩子哭——不对，也不只是女孩子，看到别人哭的时候，就算是不能帮他们解决问题，也总会想要做些什么让他们舒心些。是这样吧？没错！就是这样！

芯像是要说服谁一样，在心里辩解了一番，目光避开了花冈红通通的鼻子。

“嗯？”

花冈疑惑地小声道。

“给你的。”

听芯这么说，花冈才怯生生地将巧克力接了过去。

巧克力盒是个边长大概十五厘米的正方形，上面系着一个茶色的蝴蝶结。花冈一边抽泣着，一边解开了蝴蝶结。盒子里是九块颜色和形状均各异的巧克力，盖子上用小小的字体详细写着每块巧克力的口味。初濑以前说过，要想让女孩子停止哭泣，甜食是最有用的东西。

花冈拿出一块巧克力放进嘴里。

“好吃。”

她小声说着，脸上泛起了笑容。芯见她这样，点了点头转过身去，心里暗暗惊叹：她真的不哭了！初濑，爷爷，真是谢谢你们了。

“谢谢你。”

听到身后传来一声轻轻的道谢，芯不知道为什么害羞得不得了，逃跑似的下楼去了。

## 3

寻猫启事

平田焦糖，十一岁，雄性。茶色花纹，右后腿轻微不便。走失时，脖子上戴着银色圆形名牌和蓝色项圈。请知情人士提供线索，谢谢！

那天傍晚，芯到港湾旅馆做的第一项工作，就是在电脑上制作找猫的传单。他去问凑笃彦有没有焦糖的照片，结果对方拿出一本极厚的相册，想要找一张焦糖最可爱的照片。真是不专业啊。他只好在一旁三番五次地提醒，应该要找一张特征明显的。

平田焦糖实际上是一只有点丑的猫，脸盘大，眼睛小。这本厚厚的相册里面，好像全都是猫的照片，其中好几页在外人看来，全都一模一样。

芯百无聊赖地打量着凑笃彦房间里那些古董一样的收藏品。一个半小时以后，对方终于挑好了。如祖父所料，凑笃彦的房间果然乱七八糟，窗帘和沙发上的皮面也破破烂烂的，想来应该是那只猫干的。房间的一角堆放着来历不明的木箱、旅行箱、旅行包等，旁边还有像是从哪里捡来的脏兮兮的工具箱、塔一样的书堆、奇怪的鹿摆件，整个房间乱得让人心烦。芯自己的房间总是收拾得整整齐齐，办公室的桌子也是。

芯把腿搭在破破烂烂的沙发上，手里把玩着刚才拿出来没有点燃的烟，看着鹿摆件发呆。

凑笃彦这里没有打印机，所以他们只好把寻猫启事先存在移动硬盘里。芯打算明天早晨上班之前去便利店打印出来，再放在附近邮局的信报箱里，供大家取阅。

做完这些，两个人回到了港湾旅馆的大堂。前台接待其实是很简单的工作：给来住店的客人发钥匙就行了。这里的房费要先付，不能刷卡。有的客人有预约，有的没有。给客人发钥匙的同时，记得还要给对方一张写着注意事项的纸（上面交代了小心保管钥匙、在走廊里保持安静等事项）。

另外，玄关大门到了晚上十二点准时上锁，那之后要进出的客人必须得按门铃。芯问过为什么要锁门，凑笃彦说是为了保证安全。

“今天晚上八点要来一位客人，住一晚。”凑笃彦坐在一张老板椅上对芯说。

芯点点头，两人之间一时无话。

“听说……来这里住的客人，都是有隐情的？”芯知道这样说可能有些失礼，可还是问出了口。

不承想凑笃彦爽快地回答道：“也不是全这样。”

“不是这样吗？”

“其实也是这样。”

“……到底是，还是不是？”

凑笃彦解释说：来这里的客人们有一个共通点，就是睡不好，也吃不好。

有的人是很困，但是睡不着；有的人是想睡觉，但是没有时间睡觉。有的人是想吃东西，但是吃不下；有的人是根本没工夫考虑吃饭的事。各有各的理由，然而结果是一样的。

“这世上没有人能无忧无虑，但是人在睡眠不足或者肚子饿着的时候，通常会觉得所有的烦恼被放大了。所以，先把生理的不适解决掉，那么烦恼可能也就没什么大不了的了。大概就是出于这个理由，客人希望能好好休息，才会专程来这里住店吧。哈，我也不清楚。”

凑笃彦摆弄着手里的圆珠笔漫不经心地说。

“你都不清楚，我就更不明白了……”

“这里虽是靠着路边建的，但附近很安静，晚上能睡个好觉。而且十年前，我们特地对每个客房都做了隔音处理。”

正说着，一个五十多岁的男子推开门走了进来。他身穿一套灰色的西装，打着深蓝色的领带，拿着一个皮包。五官没有任何特点，是那种擦肩而过两秒以后就被人忘记的路人长相。

芯按照交代的，给了他钥匙和注意事项，并告知了他住宿价格。他沉默着打开自己的黑色钱包，拿出一张一万日元的纸钞递过来，收到找零后也不放回钱包里，直接抓在手里就上楼了。

“看起来是个白领呢。”

等他的脚步声消失在台阶上后，芯才小声说道。

“是吧。”

凑笃彦心不在焉地应和道。

刚才收钱的时候，芯看到了他左手无名指上那枚闪着光的戒指。也许他的家人正在等着他，可他却在周一的晚上，一个人来住在这里。确实看起来像是有什么隐情。

“松了。”

凑笃彦突然冒出一句意味不明的话。

芯没听懂，问：“什么？”

“他的戒指松了。”

“好像是呢。”

是不是因为遇上什么事，突然瘦了下来呢？芯正想着，就看到凑笃彦盯着他。

“别去打听客人的事情。木山，要是你特别累的时候，有人对你说：‘怎么了？可以跟我说说啊。’你会怎么想？尤其是你就想一个人安静地休息一会儿的时候。”

芯想了想，回答：“会觉得很烦。”

“是吧。”凑点了点头，“就是这个意思，而且把每个客人的事都放在心上，自己也会累的。”

要是初濑也能这样想的话，就不用停职了。芯想。

一年前，初濑被确诊患了急性焦虑症，突然就没法工作了，现在在自己家里疗养。芯去看望他的时候，他母亲哭着对芯说，初濑身上的压力太大了。那次，芯连初濑的面都没见上。听说他现在谁都不想见，他母亲暗示说他还曾动过自杀的念头。芯惊讶得一时失语。

自那之后，芯又去了好多次，还是没能见到他。

“可能他还需要些时间吧。”

眉头紧皱的初濑的母亲，白头发越来越多了。

回家路上，芯有些垂头丧气，但沉重的心里竟隐约有一丝安心。因为见到了，也不知道该说什么，现在这样的结果反而令人松了一口气。他讨厌这样懦弱的自己。

以前初濑从来都没有抱怨过工作辛苦，也从没说过想要辞职什么的。有时芯去找他聊自己的事，他也只是鼓励他要好好努力。现在想来，只有遗憾和悲伤。他没能被初濑当作倾诉的对象，也许自己对于初濑来说，不是个值得信任的朋友吧。

台阶上传来了一阵脚步声，芯以为是刚才的那个先生，没想到竟是个小男孩。他一边大声喊着“笃彦”，一边从台阶上飞奔下来。

咦？小孩子？几岁了？也是客人吗？

芯正在脑海中猜测的时候，小男孩已经跑到了前台旁边。芯的身边没有小孩，也就看不出这孩子几岁了。他听见凑笃彦用怪里怪气的声音说：“哎呀，这不是小葵嘛！”原来是这个名字。小葵用两只手轻轻摇晃着凑笃彦没有打石膏的那只腿，不时拍打几下。

“你的腿还疼吗？”

“已经没事了，只要多补钙，骨头很快就能长好了哟。”

“钙是什么？”

“就是一种矿物质。”

凑笃彦跟小葵鸡同鸭讲般地解释了一番，将视线转向前台对面并眯起眼睛，像是看到了什么耀眼的东西一样。这个反应有些奇怪，芯便也顺着他的视线回头看过去，只见面前站着一个女人。

“你的腿没事吧？”

女人的声音有些低沉，她很瘦，但是身材结实，骨架匀称。芯莫名觉得眼前这个极具透明感的冷美人，称得上“冰雪女王”几个字。

凑笃彦用比刚才更加轻柔的语气说：“也不是没事……腿痛得睡不着觉，要不你陪我睡？”

“当——”小葵突然大叫一声，使劲拍了一下凑笃彦的腿。

凑笃彦疼得哼了一声，冰雪女王着急地叫道：“我跟你说过多少次了，不能打凑叔叔！”

这么看来，小葵和这个女人是母子关系。

这时，冰雪女王注意到了芯，对他点了点头。

“他就是从今天开始在这里打工的木山。”凑指着芯介绍道，“啊，对了，你爷爷也叫木山。为了避免误会，叫你芯辅可以吗？”

“芯辅，哈哈哈……”

小葵听到这个名字，开心地笑了起来，好像是因为这个名字和动画片里的主角一样。他明明还是个小孩，却长着一双细长清亮的眼睛。芯用余光看了一眼，一瞬间竟有些畏惧。

“叫我芯就好了，大家都这么叫的。”

“芯，初次见面，请多关照。”

女人笑盈盈地和他打了招呼。这一笑，周围的温度仿佛都升高了一两度。女人叫平田桐子，就在昨天凑被送去的那家综合医院上班。芯还以为她是医生或者护士，没想到她是在厨房做病号餐的。她和儿子小葵半年前开始投宿在这里——与其说是投宿，其实更像是长住。

芯默默思量，她也许就是美千代奶奶说的那种不简单的客人。

“你几岁了？”芯看着小葵问道。

没想到桐子一本正经地回答说：“三十七岁。”话一出口，她就意识到自己误会了，连忙窘迫地说：“啊，小葵四岁了。”

凑笃彦的眼睛又眯了起来，紧紧注视着桐子。

小葵走出了前台，桐子问：“你刚才有好好跟叔叔道歉吗？”

他用两只手环抱着母亲的腿，答道：“没有……”

“那咱们一起说。”

“嗯。”

“吓到你了，真对不起！”

母子俩同时低下头来。

凑笃彦连连摆手：“哎呀，这点小事，我没事的。”

吓到，是指昨天小葵在台阶上放了一个逼真的假蛇玩具，把凑笃彦吓了一跳的事；而对不起，是指昨天害得凑笃彦在台阶上一脚踏空并最终摔断腿的事。原来如此，原来是因为这个才会摔下来啊。芯盯着凑，可对方完全没有回以注视的意思，可能是觉得不好意思了。

“现在猫也不见了。”

桐子紧皱了眉头。

芯突然意识到一件事：焦糖和桐子都姓平田，焦糖原来是跟着桐子姓啊，或许，凑笃彦正狂热地爱慕着桐子呢。

匆忙的一周过得飞快。

每天傍晚为了找焦糖，芯到处奔波，然后凑合着吃点晚饭，十二点之前准时回到港湾旅馆的前台。等他深夜回到家的时候，祖父早就上床休息了。而到了第二天早晨见到他时，祖父总是不忘问一句：“钥匙找到了吗?”芯也每天只能回答：“还没有。”凑笃彦之前说过，周六周日可以好好放个假，可是看这样子周末也必须加班加点找钥匙了。哦，对了，还有焦糖。

幸好公司最近迎来了一年之中最闲的一段时间，所以就算有些睡眠不足也能糊弄过去。

可就算是这样，最近伏案整理资料的时候，芯偶尔会觉得脑子一片空白。一旦遇到这种情况，他就悄悄到楼道里嚼一会儿口香糖。

星期五的晚上，芯强忍着哈欠，急匆匆地从公司赶往港湾旅馆。今天的雨虽不大，但是从中午开始就淅淅沥沥下个不停。风也有些大，芯的鞋子慢慢地被雨点打湿了。

从公司到旅馆这段路还好，但从家里到旅馆这一趟可不短，还得往返，芯真是累了。他本打算今晚要是有空房间就住在旅馆里，可转念一想，要是因为累就花这种钱，那又何必出来打工呢？正犹豫着，芯转过了一个街角。

2240310 日元。扣了必须交的健康保险费，存款比上周还少。还差得远，连一半都不到……

终于快到旅馆的时候，芯下意识抬头，只见二楼第一间窗户前站着一个人。

那是二楼最宽敞的屋子，现在住着桐子母子俩。桐子打开窗子正在向远方眺望，也不知道她在看什么。本来外面就没什么值得一看的风景，更别说今天还下着雨了。不，说不定她正是在欣赏雨景呢。芯走到窗户的斜下方，隐约看到桐子的嘴唇轻轻张合着。

她好像是在唱歌，唱的什么呢？

他在心里暗暗揣测，可惜这个距离他一点也听不见。

桐子丝毫没有注意到楼下的芯，只管唱着歌。不一会儿，她低下头微笑了起来，看来是小葵也跑来窗户边了。

可能是因为个子太矮看不见外面，从芯这个角度，只能看到一个小脑袋在上上下下跳动。大概是正在踮脚尖吧，怪可爱的。桐子轻轻地把手放在小葵头上，过了一会儿就关上了窗户。

这对母子也许确实如美千代奶奶所说有些隐情，可看起来很幸福。芯很想将方才看到的场景收藏在心房的某个角落里，就像珍重地将精美的明信片收在书里一般。

星期六，芯本打算七点起床的，结果不小心睡过头了。等他拿起手机的时候，看到时间已经过了九点，祖父也已经出门了。他急急忙忙起来，吃了两口早饭，收拾出门，却见玄关放着五个一样大小、捆扎得整整齐齐的纸箱。那是他几天前拜托祖父准备的，用来整理大件物品。他将纸箱夹在胳膊下朝地铁站走去。

一路上，他注意到有格外多的女孩穿着凉鞋从身边擦肩而过，她们身上的衣服看起来也薄薄的。是了，再过几天就是七月了。眨眼间，这一年已经过去了一半。

自从进了社会以后，时间就如白驹过隙。之前兼职员工横田还说：等过了三十岁，日子会过得更快。时间是过得快好，还是慢好？也很难评价。

到了旅馆前台，芯看见凑笃彦正支着一只手肘在桌边坐着。看见芯来了，他只沉默着用大拇指指了指右手边。

那里有一道必须弯着腰才能进去的小门。他紧挨着凑笃彦站在门前，几次想扭动门把手推门而入，但最终还是敲了敲门。

“里面没人。”

凑笃彦一脸莫名其妙。

“我知道啊。”

芯的声音闷闷的。他只是觉得，就算是为了找钥匙，连门都不敲就直接进别人的房间，还是很没有礼貌的。

“看着没用的东西，你扔了就行。”

虽然凑笃彦这么表了态，但毕竟是别人的遗物，谁知道什么是没用的，什么是有用的。

芯低下头，开始小声哼唱起歌来。至于唱的是什么，他自己也不知道，只觉得这曲子慷慨激昂。

“你在哼《罗宾队长》的主题曲吗？”

芯想起了阳子奶奶写的“恣意书法”，不置可否地应了。

“看你这么年轻，居然连这个也知道啊。”

“我不知道啊，只是你妈的书法里写到过。”

凑点了点头，抱怨道："一周年的仪式能不能不按她说的办啊，到时候在仪式上放这么个曲子真是尴尬。"

"这话你跟爷爷他们说去吧。"芯直白地说，一把将门拉开了。

昨天他在网上搜了一下《罗宾队长》，才知道这是一部年代已久的动画。

"这部动画的机器人，都是宇宙飞船变的，对吧？"芯暂时停下了关门的动作，问道。

"是啊，是个知更鸟型的机器人。"

这样的动画片能好看啊？

"你是说，宇宙飞船、机器人都是知更鸟的样子？"

"对对对。"

"感觉知更鸟很弱小啊，没问题吗……"

"当然有问题，就是很弱小啊。"凑解释说，"弱者的战斗，这样的场面才够热血嘛。"

芯彻底关上了门。

还是先开个窗户吧，屋里都是灰尘，芯在心里暗暗盘算着。屋子有些昏暗，他粗略环视了四周，拉开衣橱的抽屉看了看，然后就知道接下来将会是一件棘手的事情。打眼一看，这屋子里只是东西多，并没有多乱，至少没有凑笃彦的房间乱。

但是实际上，架子上放了好多纸箱子、木箱子、藤编箱子，打开一看，个个都塞满了乱七八糟的东西。要想在这一堆东西里找一把小小的钥匙，可不是一件轻松的差事。大概对于阳子奶奶来说，所谓收拾东西就是把东西全都塞进箱子里吧。

天花板上吊下来几串干花花束，芯对植物不太懂，也叫不出这些花的名字。窗台上放着一排大小各异的彩色玻璃灯盏，在床上留下繁复的光影。立式钢琴上盖着一块绣花布，旁边是一把藤制摇椅，椅子上靠垫的花纹和钢琴上的花布一样。

芯打开窗户，解开了带来的那一捆纸箱子，再从包里掏出一卷胶带，麻利地把箱子拼起来放在地上。他又撑开一个垃圾袋，想把屋里的东西按衣服、纸类、其他小物件、大物件和垃圾分类。这样，肯定能在分类的过程中找到钥匙吧。

“芯。”

听到有人叫他，回身一看，只见桐子弯着腰也进来了。

“把门敞着吧，当心他对你不利。”凑笃彦在外面担忧地说。

桐子苦笑着敞着门，说：“现在谁还会对我这个黄脸婆下手啊。”

她虽然是开了个玩笑，但是芯却不知道该怎么回答了。赞同吧，有点没礼貌；否定吧，好像也不太合适。他只好含糊地说："把门开着，空气流通也好些。"

桐子刚送小葵去幼儿园回来，离上班的时间还有一个小时，就想趁这点时间来帮帮芯的忙。

"我整理哪里？"桐子问。

芯指了指全都是衣物的柜子，整理这些东西还是让同性来比较好吧。

"那个钥匙长什么样啊？"桐子拉开抽屉，掏出里面的衣服问道。

"大概十五厘米长的黄铜钥匙，上面好像还有一个蝴蝶结的装饰品。"芯按照祖父交代的解释道。他现在正在整理的是架子上的一个藤制箱子，里面装了医院的发票、小瓶的香水、从报纸上剪下来的菜谱、买什么东西送的便携式吸尘器、卡子，还有一个弹球。

桐子那边已经在把看起来不要了的衣服整整齐齐地卷好，码在纸箱子里，动作看起来娴熟极了。

"那把钥匙原来那么怪吗？太久了，我都不记得了。"

"你以前见过吗？"

芯疑惑地问，他记得凑笃彦说过桐子是半年前才开始住在这里的。

"二十年以前的事了。"桐子笑着解释说，她和凑笃彦以前是高中同学，那时候经常来这里玩。

芯这才知道，为什么之前桐子都是直呼凑笃彦的名字。

“那院子虽然不大，但是个很棒的地方。”桐子陶醉地沉浸在回忆里。

打开那扇沉重的门，首先映入眼帘的是一道点缀了玫瑰的拱门，草坪的中央放置着白色的桌子和椅子。院子里一年四季都有鲜花盛放，春天是玫瑰和郁金香，夏天是海棠树和紫阳花，秋天轮到秋樱、金桂，还有铁线莲，冬天则有山茶、水仙和铁筷子。

“这一片，公司的建筑比较多，气氛难免有些严肃，没想到旅馆里还藏着这样一块宝地。”桐子已经完全停下了手里的活计，兴奋地讲起了很多当年的事情。

当年，她加入了美术部，凑笃彦的母亲就经常让她和其他几名成员来这个院子里写生，每次休息的时候还会给他们准备自己做的点心。那时候，她很羡慕凑笃彦有这么好的母亲。

“每次我们来这里的时候，阳子阿姨都会笑眯眯地把我们迎进来，从兜里拿出钥匙，然后打开那扇门。对于我来说，那个院子简直就像是秘密花园，是个童话世界。所以我每次都很期待能去那里。”

芯是理解不了“秘密花园”，但是能大概体会童话的氛围，于是也勉强应和着她。桐子接着说："毕业以后，我只来过这里一次，只见过一次阳子阿姨。"

说到最后，她的声音黯淡了起来。芯有些诧异，也许她是因为对方一直照顾有加，自己却久疏问候，所以感到惭愧了吧。

"你是半年前开始住在这里的吧？"

那应该已经算定居在这里了吧，芯忍不住问出了心中长久以来的疑问。

桐子沉默了大概十秒钟，才缓缓说道："是啊。笃彦也不多收我们的钱，所以我就想至少能帮着他收拾收拾客房。小葵也有在帮忙呢。"

她很坦率，声音清亮得有些不自然。可能自己也察觉到了这种不自然，桐子的眼神避开了芯。

"我真的很喜欢港湾旅馆。"她接着笑着说，"只要待在这座古老坚实的建筑里，就有一种被保护的感觉，让人充满力量。"

那种不自然，也随着她的笑容消失了。

"宾馆的内院漂亮极了，我真的很喜欢那里。"

话锋又回到了院子的话题上。芯决定下次一定要上到二楼，从上面看看院子的全貌。

若是要到院子里去，就要错开正门走大楼左侧的小路，然后穿过院墙和大楼中间的路绕到背面，那有一道门和院子相接。至少有一年没人踏足了，想必荒废很久了吧。就算现在顺利找到了钥匙，在忌日仪式之前恐怕也得花上好些时间来打理打理。

祖父该不会打算连打理院子的事，也一并委托给自己吧？芯一边干着活，一边在心里琢磨着，还真有可能！手上正在整理的藤编箱子已经空了，于是，他打开了旁边的箱子。箱盖子上积了一层薄薄的灰尘，把他的指尖也染成了白色。

箱子里放着几束丝带，芯一看就知道是用来装饰点心包装袋的饰品。阳子奶奶应该是想着以后能在哪用上，所以才把它们都收起来了吧。芯的母亲也常做同样的事情，可从来没见过这些玩意派上过用场。

在芯看来，这些东西实在是没什么用，所以他干脆扔到了垃圾袋里。扔掉了这一大团丝带，箱子一下子空出来一半。箱子底层放着一个用薄薄的纸包起来的包裹，芯拿出来一看，原来是一叠明信片。只不过这些明信片都已经泛了陈旧的黄色。

他粗粗翻了翻，发现了一件耐人寻味的事。这些明信片上的收信人全都是同一个名字，但都尚未投递。信上的字迹非常娟秀，打眼一看，“笃彦”“小学”等字眼就映入了眼帘。

当芯看到“死”这个字的时候，心跳瞬间暂停了一拍。

信的开头写着樱子，这是个极其亲近的称呼。

樱子：

今天开始，笃彦就是个小学生了。

那孩子来我身边也已经四年了。以前上学都是我送他的，可他说从明天开始他要自己一个人去上学。我有些担心，但是我相信他一定没问题的。

樱子，笃彦一天天长大，我一天天老去，可你永远都是那么年轻。

你不该死去啊，怎么能丢下我一个人呢？樱子。

……

芯意识到自己大概是看了什么不该看的东西。正巧这时身后传来一声呼唤，他吓得差点从地上弹起来，下意识地将那一叠明信片抱在怀中藏了起来。

“芯，我差不多该走了，还有工作呢。”

桐子像是不好意思似的歪着头说道，好像并没有注意到他在看什么。

“多谢你了。”

芯僵硬地低下头，向她道谢。

桐子看着他，笑了起来："我下次再来帮你。"

说完，她便出去了。芯听着门关上时咔嚓的响声，重重地呼出一口气。也不知道这叠明信片有用还是没用，自己能看还是不能看。

这时，门外传来了凑笃彦慢腾腾的脚步声，听起来像是马上就要进来了。情急之下，芯将这些明信片统统塞进了自己的包里。

## 4

横田最爱看的书就是名人名言集锦，说话时喜欢斟词酌句，所以经常能听到她说："那个什么来着？"每当她觉得找不到合适的词语时，总会随手翻开那本书，在书里找到能指点自己的词。今天早上，她一边碎碎念着，一边将手边的日历从六月翻到七月。

从今天开始，就是七月了。

一大早，只有芯和横田两个人坐在办公桌拼起的大桌前。横田坐在芯的斜前方，两个人有一搭没一搭地聊着，话题是今天早上在地铁吊环上看到的宣传广告样书。也不知道什么时候开始的，两人之间的话题变得这样随意起来。

“你平时使用书籍做占卜时，必须得用名人名言集锦吗？”

“也不是非用不可，但是怎么说呢……”横田将圆珠笔抵在唇下沉思着，“之前也有试过用小说，但是一翻开就看见了‘关东煮’，一下子就感觉肚子饿了，根本提不起精神想别的。”

这样不也挺有意思的吗？芯伸手翻了翻自己的包，不巧，今天里面只放了一本工作用的《税务手册》。不对，还有一本书。之前祖父嘱咐他带上了那本《虞美人草》，芯举起书的封面展示给横田看了看。

“木山，你还在读这种书啊！”

“没有啦，也没有在读……”

横田看着芯，又笑着问道：“那你怎么带着这本书呢？”

“也没什么……”

芯牛唇不对马嘴地敷衍道，随手翻了翻这本书。

所谓温柔，是一种能以柔克刚的武器。

他读出了声。横田听完，一脸佩服地说：“真是金句啊，不得了，不得了。”

看着她这个反应，芯有些不好意思。这一页应该被人翻过很多次，所以一打开就是了，而且这句话还被人用红色铅笔认真标记出来，显眼得不得了。芯用手指摩挲着那道红色的印迹，心里揣测：莫非这就是祖父想告诉自己的道理？

书很旧了，旧得甚至都生出了一股霉味。字也很小，要是让祖父现在读起来，一定很吃力。

“温柔啊……”

从高中开始，芯一直很讨厌照相。他很烦别人让他“笑一笑”，又没有什么好笑的事情，哪里笑得出来？所以高中的毕业照上，他也是一副扑克脸。他还讨厌装模作样迎人媚俗，之前在快餐店打工的时候就经常被批评“表情僵硬”。当时他还觉得很不服气，觉得没什么好笑的，自然是笑不出来，可到了现在才明白：那不过也是一种装模作样的自我表现。所谓坚持自我，绝不示弱的作态，在十几岁的男孩子身上很常见。

这些往事光是想想，就让芯感到害臊。

如果温柔不是作为讨好别人的工具，而是保护自己的武器的话，它确实非常重要。

正胡思乱想的时候，渡部也到了。

“早上好。”

横田和芯齐齐向他打了招呼。他丝毫没有回应的意思，从包里掏出透明文件夹甩到芯的办公桌上，冷淡地蹦出几个词：

“消费税申报，两份，快点。”说完，就坐回自己的位子上去了。

这不是渡部第一次这样随便给别人脸色看了。芯长吸一口气，又吐了出来。要是被别人影响而抱怨不停的话，就输了。他一直都是这么劝慰自己的。被别人的坏心情影响，让自己也变得消沉，绝对是自己的损失。要是祖父在的话，他老人家肯定也会说：为了这种无关紧要的事情生气，是对自己人生的消耗。

渡部这家伙一把年纪了还使性子，跟个湿了尿布就大哭大闹的小屁孩一样。芯刚开始还在心里暗想，不知道“以柔克刚的武器”对渡部管不管用，可没一会儿，他也就嫌无聊作罢了。

结束了一天的工作，芯从口袋里拿出便笺本，上面列着昨天晚上他用街道的名字、猫、聚集地等关键词查出的几个地方。

公园、神社、停车场……这些地方都是可能的。他本打算先从附近开始找起，可在找这些资料的时候发现了一个志愿者组织——社区猫咪会。据说那是个帮流浪猫寻找主人领养或者帮它们做绝育手术的组织。今天早上，芯跟祖父一起吃早饭的时候无意中提到了这件事，没想到祖父说：“福田就是那个组织的成员啊。”

虽然福田爷爷和美千代奶奶一样，都是“恣意互助会”的成员，却不会经常来家里串门。这么看来，可能是社区猫咪会平时事务繁杂吧。

祖父打了个电话给福田爷爷说了芯在找猫的事，对方痛快地答应要帮忙一起找。于是，芯立刻将焦糖的照片发到了福田爷爷家的电脑上。没一会儿，焦糖的照片就已经上传到了社区猫咪会的官方主页上。祖父和美千代奶奶连平时用手机发个短信都嫌麻烦，没想到福田爷爷完全不排斥这些新生事物。

今天先从这个公园开始找起吧！芯用手指点着公园的名字，做了决定，并将那张便笺塞回了口袋里。

他之前根本不知道自己的公司附近还有个公园。这个公园是建来干什么的呢？芯站在这个小小的公园的入口想。里面只有一架小小的滑梯和一个没有靠背的石头长凳，实在是小得可怜。要说是为了让孩子们玩耍，这地方太窄了；要说是为了让附近的白领休息，那还不如直接放两条长椅。真是个毫无用处的公园。

不过，是不是正因为这里人迹罕至，所以猫才会在这里聚集呢？芯仔细地打量着四周，丝毫没有看到疑似猫的踪迹。他想可能要等天再黑一些才好，于是蹲下身来观察地上种的杜鹃花。正在这时，身后传来了一声呼唤。

“木山？”

芯没有防备，吓了一跳。回头一看，发现身后站着的是花冈。

“咦？”

他扬起了声调，意思是问花冈怎么在这里，没想到对方也倒退了一步发出同样的疑问。

“你在这里做什么啊？”

咚咚咚，花冈又退回去好几步，好像是觉得自己刚才冒昧打招呼不是时候，一副十分戒备的样子。自己现在明明正大光明，可不知道为何芯还是狼狈地慌忙解释：“猫、猫！”他的声音都急得高了几度。

“我只是在这里找猫。”

“猫？”

花冈一听是在找猫，立刻向前迈了一步。等芯解释完来意后，她又几步走上前来，蹲在了芯旁边。

“什么样的猫啊？有没有戴项圈？”

她的口吻就像警察一般。芯给了她一张传单，她目不转睛地看着，竟发出了感叹。

花冈说母亲、姐姐和自己都是头号猫奴，可惜现在全家人住在公寓里，不能养宠物。借她自己的话说，她们每天都处于一种“猫元素不足”的状态。所以就算是个完全不认识的陌生人丢了猫，她也没法袖手旁观。说这些话的时候，花冈一直紧握着拳头。

“我陪你一起找吧？”

“不用，不用了。这事……”

这事不合适，我跟你又不是很熟——当然，后半句话，芯说不出口。

花冈说她午休的时候经常来这个公园吃便当。刚才准备回家的时候正好看到芯在这儿，手里握着纸一样的东西，像是在找什么，于是便进来打个招呼。花冈一个人滔滔不绝地说话时，两人默契地在公园里唯一的那张长凳上坐了下来。

“就当是谢谢你那天的巧克力，我和你一起去找猫吧。”花冈说。

芯想了想，点点头同意了。虽然，他早就忘了巧克力的事。

“那盒巧克力是别人给我的，找猫也只是为了赚点外快，所以你真的不用麻烦。”

芯向花冈强调，自己并不是出于喜爱，而是为了钱才来找猫的。他不想被人误会成富有爱心的人，这当然并不是因为怕麻烦，而是讨厌那种欺骗别人的罪恶感。毕竟自己并不是那样的人。

“木山，你……最近这么缺钱吗？”

花冈双手紧握着自己的手提包，怯生生地问道。

“也没有……”

芯想起之前美千代奶奶也问过类似的问题。他只是想攒个五百万日元，只是想看到自己的存折上白纸黑字地写着“5000000”。那天，前女友告诉他手上的戒指价值五百万日元的时候，他瞬间意识到分手果然还是因为钱。所以，他想至少拥有五百万日元，来冲刷掉自己当时的羞辱感。

钱确实是很重要的东西，但是她离开自己，可能也不仅仅是因为这个吧？那个人身上肯定有一些自己没有的东西，是什么呢……芯再三思索过，但不管怎么想，答案都是两个字：有钱。这答案可以说简单直接，说服力极强。

如果不去反省自己是不是哪里做错了，而只是一味谴责恋人被金钱蒙蔽了双眼，以此得到内心的平静，这样卑劣的自我安慰，只能说明自己太懦弱了。芯不愿意这样。另一方面，他知道就算是存到了五百万日元，自己也不可能全拿出来轻易地去买个戒指，而且就算买了戒指，前女友也不可能回到自己的身边。但无论如何，心里就是有了一种非存到五百万不可的执念。可能到那时，他心里的执念就能真正放下了。现在在心里翻腾不休的，与其说是对恋人的留恋，不如说是他自己混乱的心绪。

但是这些话不能说给花冈听，于是芯只能支支吾吾地打算敷衍过去。

花冈像是察觉到了什么似的，点点头表示了解。

“那，我给你钱吧。”

芯还以为她明白了自己的想法，没想到她突然来了这么一句。她在自己的包里翻了翻，拿出了一个白色的信封。

“这里面有五十二万日元。”

“五十……二万？”

芯心里一紧，不自觉地重复了一遍。

“嗯，五十二万。”

花冈点点头。从信封的厚度来看，恐怕里面真的有这么多钱。

“据说这是给我的精神损失费，五十二万。”

“精神损失费？”

从她嘴里蹦出的这个字眼可真尖锐。

“之前我有一个男朋友……”花冈话说到一半停顿了几秒

钟，像是在调整呼吸，“可是突然出现一个女人，告诉我说她马上就要跟他结婚了。她硬塞给了我这些钱。至于为什么不给一个整数，我猜是因为时间吧。我跟那个男人从今年一月开始交往到六月上旬，之前的五个月按一个月十万日元算，六月以后按天算。”

花冈一脸的认真。

“我不打算要的，可她说什么也不肯拿回去。”

那个男人已经把花冈的电话号码加入了黑名单，邮箱地址也换了，完全联系不上。也就是说，花冈甚至没有从恋人口中听到“分手”两个字，自己的爱情就被一个唐突出现的第三者硬生生斩断了。

芯想，所以她那时候才会在楼梯间里哭啊。

“我真是个笨蛋。”花冈说，“他都有别人了，而且到了谈婚论嫁的地步，我居然完全没有察觉。”

“没有，没有，这事确实很难察觉的。”

芯感同身受地安慰她说。

“日记。”

“什么？”

“我偷偷看了那个女人的日记。我在网上搜了那个女人的名字，结果找到了她的博客。”花冈的语气淡漠，这反而让芯感到不安。

女人好像是个什么搭配师，几乎每天都在更新自己的博客。她的博客设置了所有人可见，所以花冈说的“偷偷”并不是什么犯罪行为，只是芯无法理解她为什么特意要找来看。

“那个女人最开始打电话给我的时候就说了，她是偷偷看了丈夫的手机才知道有我这个人的存在。从打电话时的口吻和之后的表现来看，她像是……怎么说呢，特别利落的人。我之前还以为她是那种强势的御姐，可没想到见面的时候，她穿着亚麻质地的宽松衣服，脖子上围着一条奇怪的长围巾，看起来像是会喜欢有机蔬菜的自然派。哈，真是没想到。”

人家喜欢戴什么样的围巾都是个人爱好，也没什么的吧。芯腹诽着，但是他没打算说出来打断花冈。

“明知道对方有主了，还在和他交往。这是她说的，但我说不是的，我不知道。结果她完全不相信，还说如果我真不知道，那我也太迟钝了。”

“是吗……”

芯想，“是吗”真是个很实用的词语，既不肯定也不否定，却可以告诉对方自己正在认真地听着。

女人的博客里零零碎碎写了很多东西：朋友、爱人、菜肴（还有为家庭聚会等精心挑选的配图），或者自己从前的回忆。

内容繁多，但是核心都是一样的："在平凡的点滴中拾取不易被察觉的欢笑与伤悲，并将之凝结成文字，我就是这样细腻而感性的女子。"——这句话是女人对自己的定位。

文章里全是自我表现的内容，可是评论里一水的都是来自朋友们的赞誉，什么"你真棒""被感动了"之类的。花冈明知读了这些东西，心情只会变得沉重，但是每天还是非看不可。

明明可以不干这种往自己伤口上撒盐的事。芯打量着花冈的下眼睑，那里现在已经是黑黑的一团了。

"你有好好睡觉吗？"

"不太好。"

睡眠不足果然不行，花冈进一步证明了凑笃彦的说法是对的。

"我看她的博客也不是想做什么，起初就是想多了解一些她的好，让自己明白对方是一个怎样不可战胜的情敌，我也好早点放下。可是越看，我越觉得她是个招人讨厌的女人。我真是小心眼，居然有这样的想法。"

"是吗……"

芯知道这时候应该劝她看开点，别想太多，可是他没有说。因为他心里也清楚，就算花冈现在保证说不想了，回去肯定还是会去翻看那个女人的日记的。

“行吧，要是这样能让你舒服点的话，你就看吧。”

非要攒够五百万日元存款的自己，也和花冈没什么两样。

“不过还是要好好睡觉，要是身体垮了就麻烦了。”

花冈用手帕拭了拭眼角，说：“你说得对。”

“你的五十二万我是不会要的。这本来就是你的。”

芯现在确实很想要钱，可是内心里希望这些钱不是别人施舍的，不是赌博赢来的，不是买彩票中的，而是自己实实在在付出了等价的努力赚来的。听完他这番话，花冈还是不太明白他为什么这么坚持，不过也只是顺从地点点头。

“还有，下次如果困了，活着累了……”

芯欲言又止，不知道该不该轻率地告诉她港湾旅馆的事。

“困了，累了？”花冈好奇地问。

芯犹豫了一下，接着说：“打电话给我。”

他把自己的电话号码告诉了花冈，还有些担心自己这样的举动会不会让对方误会自己别有用心。结果花冈倒是完全没有戒备的样子，这让他舒了一口气。芯低头看了看表，发现马上就到打工的时间了，急匆匆地站了起来。

“不好意思，我得先走了。”

“啊？啊……好的。”花冈也随着他站起来，“那明天见。”

两个人在公园门口告别后，分头离开了。

芯脚下带风似的飞快走着，脑海中却忆起了前女友曾哭着对他说过：有时候和你在一起，比一个人的时候更寂寞。

那时的她是个爱哭鬼，可从没说过自己哭泣的理由，芯也不会主动过问。不管怎样，或许那时候应该多问问？他以为不过问是他的温柔，但从恋人的角度来看可能并不是这样的。其实不过问还有一个原因，他觉得难堪。因为从头到尾不信任，所以才不和自己倾诉，不和自己坦白，难道不是吗？那么，自己再上杆子地去问，多丢脸。

对那个给了她五百万戒指的男人，她现在敞开心扉了吗？她是因为能够和他无话不谈才选择他的吗？应该是这样的吧。也许这个男人比自己更值得依靠，比自己更懂得包容吧。

芯并没有小心眼到希望曾经的恋人不幸，可也没心胸宽广到能真心笑着祝她幸福。

一道小小的黑影从他眼前掠过。定睛一看，是一只黑猫。

他赶到旅馆的时候，前台一个人都没有。阳子奶奶房间的门是开着的。芯悄悄看了一眼，只见凑笃彦正坐在摇椅上悠闲地晃着。

“不好意思，今天来晚了。”他打了个招呼，凑笃彦冲他招了招手，示意他过去。

等芯走近了，凑笃彦才说：“我想下来，扶我一下。这个石膏真是麻烦，想下都下不来。”

“那不是废话，你干吗坐上去啊？”

芯扶着他从摇椅上下来，话语中带有一丝责备的语气。

“就是有点怀念。”凑笃彦整个人挂在芯的肩膀上，“我刚被寄养在这里的时候，不知道这是椅子，猛地坐上去，结果整个人都翻过去了。”

“被……寄养？”

“我没说过吗？我是被收养的。两岁的时候，爸妈出了车祸，都没了。”凑笃彦平静地说完，瞥见芯一脸惊讶的表情，笑了起来，“我没说啊？抱歉，我以为大家都知道了呢。”

“是……是吗？”

原来大家都知道啊，芯一点都不知道。祖父他们之前也从来没提过这件事，怪不得阳子奶奶在那封信上写什么“丢下我一个人”……正想着，凑笃彦已经架起拐杖，走出了房门。芯连忙追了上去。

“你现在还能记得两岁的事情啊？”

“一些片段吧。”

这么说起来，当时一起在补习班工作的时候，芯就发现他是个记忆力很好的人。随便说个学生的名字，他就能立刻答出这个学生的住址、擅长的科目、不擅长的科目等信息。他当时好像还是个什么长，反正有个小头衔。不知道为什么想起这些旧事时，在楼道上行走的凑笃彦的身影，反而愈来愈清晰了。他的目光总是略斜着向下，姿势虽然很端正，却总给人一种慵懒的感觉。

门啪的一声打开了。

“老师！”一个穿着运动校服的少年走了进来，像是个中学生，脸颊上还长着几颗青春痘。是来补习班上课的学生吧？

芯看向凑笃彦，只见他抬起一只手向少年打了个招呼：“悠斗。”

“老师，我今天请个假！”少年把脏脏的书包咚地扔在桌子上，用大人一样的口吻说，“有点急事。”

像是瞥见了芯，他还煞有其事地朝他点了一下头。

“作业都好好写完了。”他从包里拿出了一份讲义，递给了凑笃彦。

凑笃彦一边接过来，一边促狭地笑了笑：“什么急事？跟女孩约会去？”

“对啊！羡慕吧？”

“并没有。”凑笃彦面无表情地答道，抬起头交代他明天来拿批改完的作业。

少年高兴地应了一声，出去了。

“刚才那是谁啊？”

“啊……悠斗。”

“不是，我不是问名字。”

凑笃彦说他是住在这附近的孩子。

“之前我看到他在便利店门口抽烟。”

凑笃彦用无所谓的语气聊起，说两人就是因为借火才搭上话的。

哼，不良少年，芯在心里想着。

“他真是个笨蛋，乘法都是去年好不容易才学会的。”

“这样你还肯教他？”

芯看了看凑笃彦手上的讲义，上面好像都是他自己出的题。悠斗的字很丑，可每一道题都认认真真写完了。据说是因为他妈妈哭着求他至少从高中毕业，凑笃彦听说了才答应教他的。

“是吗？”芯不由得刮目相看。之前一直以为凑笃彦是个对什么都没有干劲的人，打着照顾母亲的旗号不来上班，随时都准备辞职的样子，看起来并没有多喜欢补习班的这份工作。原来不是这样啊。

芯在补习班干了半年，因为嫌麻烦就辞职了。对他来说，补习班的那些孩子不过是教学的对象罢了，但在这过程中，他却好几次意外感受到了孩子们的孤独、烦恼和对他的好感。然而，真正让他感到麻烦的不是这些情绪本身，而是他发现自己无法对这些情绪做出回应。

以前凑笃彦说他是个“冷淡的人”，或许就是指这个吧。只是因为嫌麻烦，就可以舍弃所有的一切。

“笃彦。”

听到自己的名字，坐在老板椅上的凑笃彦抬起头沉默地看着芯。

“你是为了继承旅馆才辞掉工作的，对吧？这样真的好吗？”

两人陷入了沉默。凑笃彦的视线在天花板和墙壁上游离了片刻，又回到了芯的脸上。

“也不是，旅馆只是一方面。还有，我总觉得……”

“觉得什么？”

“一直以来，我总觉得有哪里不对。你看，真正需要接受教育的孩子们，反而没有去那里上学。”

“真正需要接受教育的孩子是指谁？”

“家里没钱上补习班的，或者虽然有钱，但是父母认为没有必要让孩子去补习班的。”

“啊？现在日本还有这种情况吗？”

听他这话，凑笃彦扑哧一声笑了出来。芯满脸的不知所措。

“多的是，这世界上的事，不是你不知道就不存在的。”

“哦……”

“我一直在想，要是能自己开一家补习班就好了。”凑点起一根烟，白色的烟雾缓缓升起，飘到天花板上消失了。

“让那些不能去普通补习班的孩子都能来上学。”

人生就像是纸牌游戏，只能靠自己手中的牌赢得胜利。这是某个人留下的训诫。

——凑正孝，凑笃彦的养父。

“所以，手里的牌越多越好，而且要尽量握住更强的牌。”

通过学习获得的能力，就是这样更强的牌。然后，利用手里的牌去获得更多的牌，只有这样才能拥有更好的人生。活着就是这样，必须不断去战斗。

“但是家里没钱的孩子怎么办呢？你要怎么让他们来上学？每个月能收到学费吗？”

算是职业病吧，芯很在意钱的事。

听到这话，凑笃彦悠悠地吐出一口烟圈，懒散地说：“是啊，收得到吗……”

果然，他还没有考虑到这一步！就这种不走心的经营计划，要是拿到宫村综合经营研究所，可能一下子就会被毙了。

“而且这个旅馆的经营状况也挺危险的吧？”

以前就注意到了，今天芯终于说出了口。

“啊，没事的，我还在往外租房子和停车场。”

从这个回答来看，估计旅馆也只是勉强维持着。

“唉，刚开始的资金是个问题啊……但是也无所谓，也不图它赚钱就是了。”

“不管你有多么伟大的理想，要是连最基本的经营都维持不下去，就根本谈不上坚持理想了吧？”

凑笃彦对前景也太盲目乐观了。

“那就卖一栋楼吧。”芯心里一酸，本想委婉地表达自己的意思，可不由自主语气就带上了几分咄咄逼人，“这种问题对你们资产阶级来说，真是小事一桩啊。”

“有些事正是资产阶级才能做到啊。”

凑笃彦像是完全没有意识到自己被针对了，认真地回答。

“我能被这家人收养是我的幸运，而我也想把这种幸运再传递给需要的人。但是我不会卖掉这里的。只有这里，绝对不会卖掉。”

他伸出食指指向脚下。保留这家旅馆，这是他和阳子的约定。

“约定?”

“嗯，人总要有一个能躲避一切的避风港。”

避风港。这个词，让芯的鼻腔里仿佛又充斥了尘埃与走廊特有的地板蜡混杂后的气味。

小学四年级的第三个学期，他遭受了校园霸凌。也许是因为他性格老实，也许是因为他身材矮小，关于被霸凌的理由他能想出好多来，可一条都不认同。没有什么是可以合理欺凌别人的理由。那时候，他在学校总是被好多人踢来打去，东西也总是会被别人故意拿走。有时候实在无法忍受，他就会一个人躲进清扫工具间里。楼梯下有个狭窄的三角形空间，开了一道小门，里面挂着拖把，拖把下放着水桶。年幼的芯将身体塞在这些杂物中，如小兽一般颤抖着——虽然最后总会被人找到，然后硬拖出去。

霸凌，好像就是一时的潮流。等同班同学都升上五年级的时候，突然就停止了。当然，也可能是因为组织霸凌的核心人物转学了。但是时隔多年，芯有时也会忍不住地想：当时他们若是没有停止霸凌，后来又会发生什么呢?

芯跟凑笃彦讲起这段往事的时候，凑笃彦点了点头。

“对我来说，是贝壳。”

“贝壳？”

“在那家补习班工作的第二年吧，我觉得自己已经撑到极限了，于是去了一个公园。”

补习班所在大楼的对面有一个公园，那里有一个巨大的贝壳造型的游乐设施。

“我会钻到里面，大喊：去他妈的！”

“是吗？”

“嗯，可能也没喊出来吧……不好意思，说起这个话就多了点。”

凑笃彦笑着说，也不知道这番话几分真几分假。

“反正我觉得，谁都需要这么一个地方。不是家，不是公司，不是学校，不是朋友身边，就是一个可以躲避一切的避风港。我之前也说过了，累了就是要休息。那时候，我就是这么想的。”

凑笃彦喃喃地说。也不知道他说的“那时候”是什么时候，听口气好像是很久远的事了。

他说想要更好的人生，就要不断战斗。他又说累了，就要休息。

“你不觉得矛盾吗？”

“当然了。”

凑笃彦笑了起来，像看白痴一样看着芯。

芯的脑海中浮现出了初濑的身影，那个总爱说“必须得努力”的初濑。他想过很多次，为什么初濑会变成现在这样？是因为太认真吗？缺钱吗？再就业不顺心吗？答案都似是而非。

“拼命去战斗总会疲惫，是吧？”

“对了，焦糖还没找到吗？”

凑笃彦突兀地岔开了话题。

“还没有。”

凑笃彦失望地低下了头。

“要是它的腿没受伤就好了。”

他小声地自言自语着，头耷拉得像是要把下巴埋进胸口。

“对不起。”

芯明白道歉也无济于事，可此时嘴巴却像是有了自己的主张一般动了起来。

## 5

“梅雨季节明明都过去了，最近还是经常下雨呢。”祖父说。

“是啊。”芯眺望着窗外点点头。

外面的风很大，雨点砸在窗户上啪啪作响。

电视机里，早间新闻正在播报动物园里什么动物生宝宝了。可能是因为男女主持人笑盈盈的画面太过养眼，早上起来还没睡醒的芯到最后都没记住是什么动物。

“钥匙快找到了吧？”

“完全没有。”

“猫呢？”

“完全没有。”

“完全没有？”

“完全没有。”

芯觉得今天早上的牛奶和面包味同嚼蜡，但他还是机械性地吃完了。

“你脸色不太好啊。”

哗啦啦，祖父展开报纸，却目不转睛盯着孙子的脸。

“最近没好好睡觉吗？”

“嗯，没怎么睡。白天在公司上班，下班以后去找猫，半夜去旅馆打工，周末还要整理遗物找钥匙，怎么可能有时间好好睡觉？”

芯的语气带上了一丝焦躁。

“阳子的忌日是十月十日。”

祖父提醒道。

“这个你之前说过了。”

“今天已经是七月十日了，到时候你能不能找到钥匙啊？”

“那你也一起来帮忙找嘛。”

芯终于吃完了这顿无味的早餐。他把盘子送到洗碗池，不禁反省，自己刚才是不是嗓门太大了？而且，说帮忙也不准确。毕竟提出要在院子里办仪式的就是祖父他们。

“不行，我最近正在学习气球装饰呢。”

“什么？”

“气球造型装饰。”

“为什么要学这个？”

“你忘了吗，这也是阳子的一个愿望。”

祖父有些意外地反问道。这么一说，芯倒是想起来了，阳子奶奶说过想要在仪式上放飞很多的气球。他不禁叹了一口气。

五颜六色的气球，一个一个升上天空，一定很美。阳子奶奶十几年前说的话，祖父现在还记得。

“爷爷，你喜欢阳子奶奶，对吗？我记得你说过你有一个初恋的，就是阳子奶奶吧？为什么最后没有结果，是不是长大以后发生了什么……”

“芯!”

祖父大声打断了他。

“怎么了?”

祖父的太阳穴上青筋暴起，看起来是真的生气了。芯吓得连忙退后了一步，但他只是长长吐出一口气，然后闭上了眼睛。

“唉，年轻人可能不懂。”

他的语气虽然说不上轻蔑，却有些疏离。

“总之抓紧找钥匙!”

又回来了，芯叹了一口气。真是麻烦，阳子奶奶和祖父他们，还有时隔五年刚见面就摔骨折最后还麻烦自己去找猫的凑笃彦也是，所有的人都烦死了！互助会到底是干吗的？恣意和互助本身明明就不搭调。当然，最讨厌的还是贪图小钱的自己，真不知道自己一天天都在想什么。他一边洗碗，一边心烦意乱地想着。

“人家只是说了想要放飞气球，干吗还非得专门去学什么装饰呢?”

芯问身后的祖父。

“既然都要做了，那就要做得像样点。”

祖父认真地回答。

芯还是和平常一样早早到公司做准备，可今天实在心情不佳，于是他决定去楼梯间休息一会儿。他单手拿着一瓶矿泉水坐下，另一只手在包里翻了翻，拿出了那叠从阳子奶奶的房间里带出来的明信片。

上个周日，美千代奶奶又来家里了，一直啰唆地追问钥匙找得怎么样了。芯回答说只找到一叠没有寄出去的明信片。没想到对方竟不依不饶地追问起细节来，让他后悔自己这么坦率地把什么都说了。

“收信人那里好像写着樱子。”

听了这话，美千代奶奶瞬间顿住了，好一会儿才说：“是吗，都没有寄出去？”

“是啊。”

“那……都是什么时候写的呢？”

“不清楚啊，看起来年代久远了，可能是在那个叫樱子的人去世后写的。”

刚说出口，芯就意识到糟了。这就相当于承认自己看过内容了，一时间有些尴尬。他只好赶忙岔开话题，说自己要去打印找猫的传单。

不想美千代奶奶在拉门前随意地坐了下来，说道：“樱子是她妹妹。”

“啊。”芯没有停下手上准备的工作。

美千代突然大声叫他，他连忙回头，惊得瞳孔都张大了。

“怎……怎么了?”

他之所以这么惊讶，是因为美千代奶奶此时已经泪眼婆娑了。

“阳子那个时候，真的太不容易了。”

不知道这背后究竟有什么故事，但是芯心里祈祷美千代奶奶能赶快冷静下来。因为他的话让老人家情绪激动，导致心脏病发作什么的，可就麻烦大了。

“那个男人最开始是阳子的相亲对象，后来却和樱子结婚了。当时，连聘礼都下了，可没想到他居然偷偷地和樱子不清不楚。”

据说后来樱子怀孕，这事才暴露了。

“阳子的父母知道这件事以后勃然大怒，让樱子把孩子打掉。可是你知道吗，芯，那个时候阳子却说：就把孩子生下来吧，让樱子和她爱的男人在一起吧。”

说着，美千代奶奶又流下了眼泪。

“樱子生下的孩子，就是笃彦。”

“啊?”

也就是说，凑笃彦说的两岁时去世的父母就是阳子奶奶的妹妹和妹夫？而且妹夫还是阳子奶奶原本的未婚夫？那，凑笃彦和阳子奶奶实际上是……额，姨母和外甥，对吗？芯的脑子里一片混乱。他在脑海里画了一幅家族成员的关系图，整理了半天终于厘清了。

但是，自己并不想知道这些啊。芯背对着美千代奶奶，看着打印机缓缓吐出纸张，叹了一口气。他不想打听这些像电视剧一样的往事。今后，他要以什么心态去面对凑笃彦呢？

“笃彦出生以后，日子也不容易。”身后又有谁补充道。

芯吓了一跳，回头一看，原来是福田爷爷。啊，他今天是来拿传单的。从上个月开始芯就忙得一塌糊涂，一些小事一不小心就忘了。

福田爷爷抬起手和芯打了个招呼，他的脸上挂着笑容，眼角和眉毛耷拉下来像是被拉扯到了极限，使得本来就圆的脸盘看起来更圆了。福田爷爷总是穿着那件口袋很多、背后都是网眼的背心，而几乎每个口袋都被塞得鼓鼓囊囊的。有一次，芯问他里面都放了什么，他说里面都是通信公司或者保险公司发的纸巾，人家发的时候不好意思拒绝就收下了。可是看那分量，分明是自己主动要来的。

两个人把芯晾在一边，责难起了樱子的丈夫。

“和樱子结婚的那个男人，真是个色胚。”美千代奶奶皱着眉说道。这一点，从他对未婚妻的妹妹下手这事就能看出来。

“她们家怎么能找这种人来相亲呢？”

在芯看来，相亲这种事情是彼此有着体面工作且人品端正的人面对面进行的。而相亲的对象不是由本人选择，一切都是由家长或亲戚朋友安排。那么，事先的背景调查不应该早就进行得妥妥当当的吗？

“就是啊。”美千代奶奶探出身来，把刚才放在腮边的手在眼前夸张地挥了挥，动作里满是家庭主妇的气质，“本来说是个挺老实的人，没想到结了婚，反倒像除了紧箍咒的猴子似的。”

初濑以前就说过，一般年轻时流连花丛的人上了年纪反而会收心，而年轻时不受异性欢迎，也没机会接触异性的人，结了婚以后觍着脸出轨的倒不在少数。

——虽然这话可能也只是初濑从别人那儿听来，现学现卖的。

不过，在这段婚姻里，樱子也不是全然无辜。她对自己的孩子一向不闻不问，像是没有当妈的意识。

“为什么会这样？”

“这就不太清楚了。”

我们也不是什么都打听的，对吧？美千代奶奶和福田爷爷互相交换眼神，点了点头。

据说是阳子奶奶看不过去，于是经常到他们家里帮忙照看孩子，就连体检和接种疫苗都是她带着去的。那时的阳子奶奶，还正是新婚燕尔。

樱子结婚以后的第二年，阳子奶奶也与一个比她大很多的男人结婚了，他就是港湾旅馆的主人——凑正孝。

“他是个非常优秀的人。”

美千代奶奶交叉着手托在颏下，像祈祷一般。

“他们两个人的年龄差得比较多，所以凑正孝简直像宠爱女儿或是妹妹一样，珍惜着阳子。所以从结果上来看，把结婚对象让给樱子反倒是件好事。”

福田爷爷补充道。

“樱子的丈夫啊，刚结婚就时不时出点小轨，到了最后甚至还给来路不明的女人大把花钱。那就离婚吧，也不离，所以两个人一直争吵不断。”

就在两人争执不休的时候，樱子和她丈夫——也就是凑笃彦的生父，双双遭遇车祸丧生了。听说他们的车突然偏离了原本的车道，直直地撞上对面来的卡车。幸好那时凑笃彦被托付给了阳子奶奶，免于此难。

“当时的状况就是这样，但是大家都在猜测他们是不是殉情。”

真相到底是怎么回事，现在也没办法考证了。福田将手臂环抱在胸前。

“真的吗？那也太骇人听闻了。”

听芯这么说，美千代和福田连忙摆手解释。

“哎呀，哎呀，樱子也是个苦命人啊。”

“她心肠不坏的。”

“就是，就是，肯定是当时那男人还做了什么我们不知道的事。”

两人连连为樱子说话。

“我们内心肯定是偏向阳子的，但是每件事都有很多侧面是旁人不知道的，不能武断地说谁对谁错。”

他们在后悔轻易地把关于阳子的事情说给我听，芯默默地想，也没再追问。

一时之间，空气中涌动着沉重而尴尬的沉默，直到美千代奶奶打破僵局，说道：“对于笃彦来说，被阳子收养说不定是一件好事。”

福田爷爷像是不想再搭腔，芯也没说话。

对阳子这个人，了解得越多，越觉得看不透。她应该是个品格高尚的人，却把自己的房间糟蹋得乱七八糟，在死前还留下遗书，希望能在院子里办一场充满欢乐的葬礼。

真是个神秘的人，芯坐在楼梯间，一边翻看着手上的明信片，一边想着。门外传来了有人交谈的声音。

差不多到了要回去工作的时间，可他懒得站起来，又读起了明信片上早已看过好多遍的句子。

樱子，笃彦今年九岁了。他最近很喜欢看与足球相关的漫画，每天都在旅馆后面的院子里摆出射门的架势。那孩子和你一样，似乎没什么运动天分。

当然，我自己也是，哪能评价别人呢。

明信片上的字迹漂亮得就像是硬笔书法的字帖，完全看不出任何感情。不知道阳子奶奶是抱着怎样的心情，写下这一封封注定寄不出去的明信片。

芯踩着上班点回到了办公室。当日员工行程板上，花冈的名字下写着“缺勤”。从那天在公园见面之后，不知道为什么一直关注着花冈。芯看到她有时精神不错，有时眼睛肿得很厉害，浑然像个遮光器土偶①一样。不管怎样的她，都让他无法移开眼睛。可惜两人平时的工作没有什么交集，就没有说话的机会。只有一次，在复印机前偶然碰上，花冈偷偷问他猫找到了没有。仅此而已。

芯在自己的座位前坐下，一旁正在小声接电话的横田立刻将话筒捂在胸前，对他说："渡部打来的。"

芯接过电话，那边连个招呼都不打，就用懒洋洋的声音丢过来一个意义不明的单词。

"咽峡炎。"

这是什么意思？横田给他看刚才记下的笔记。啊，貌似他是说自己被孩子传染了疱疹性咽峡炎在发烧，所以本来预定今天十一点去客户公司拜访的活儿就落到了自己头上。客户是一家主营女性服装和杂货的公司，之前芯和他们的社长见过几次。

"把文件给他，让他在上面签字盖章。"

"明白了。"

"这么简单的事，你没问题吧？"

"嗯。"

---

① 遮光器土偶，日本绳文时期的土制人偶，因人偶的眼睛形似爱斯基摩人在雪中行走时戴的遮光器而得名。

这个工作本身很简单，不用特意叮嘱。渡部却像是不放心，再三强调“因为很简单，所以这工作才派你去”。

“我、知、道、了！你保重身体。”

芯大声地回答，挂掉了电话。横田抬头看了看他，低声笑了起来。

“渡部也真是，解释起来真冗长。”

“他有时候就是这样。”

“我们以后叫他‘啰嗦部长’吧。”

“那可不行。”

明知道这时候不该笑的，可芯还是没忍住，笑了出来。横田看起来很喜欢“啰嗦部长”这个称呼，后来又叫了两三次。芯好心劝告她，要是叫习惯了，一个疏忽就可能在当事人面前说漏嘴，最好别叫了。

每次要是有别人夸奖了芯，渡部的脸色就不好看，比芯在工作上犯错的时候还不高兴。都是个成年人了，还把情绪这样明显地表现在脸上，真的好吗？芯有时候都替他担心。他每次说“这事对你来说，有点难”的时候，反倒特别高兴。

横田说渡部这是仗着自己有个证呢，撺掇着芯也赶快去考个证，这样对方也就没有什么话说了。毕竟事不关己，旁观者说起来，任何事总是很容易的。

渡部为了考出证书，想必也付出了很大努力，从这个角度来说，他对自己的证感到骄傲也是理所当然的。然而，这不是他轻蔑其他人的理由。他大概根本不会理解，这世界上确实有人不想得到他渴望的或已经有的东西。

所以，他才会觉得其他没有证书的人都是不努力的笨蛋吧。芯想着得了名字古怪的病，现在应该在家卧床休养的渡部，也想起了一个现实情况：这个社会更认可的，是渡部，而不是自己。

芯也知道自己是一个没有上进心，也没有野心的人。他虽然不会为自己这种性格发愁，却也没有足够的自信，能在面对他人质疑的时候坚持自我。

高中的时候，芯的父亲因为公司人员调整而被解雇了。虽然没过多久，父亲就顺利地再次找到了工作，但是从那时开始，他就不再对“公司”或者“就业”抱有期待。父亲为公司鞠躬尽瘁，夜以继日，可最终只要公司认为不需要了，所有的一切都会结束。那段经历给芯造成的冲击，一直影响到现在。话虽如此，可是对芯而言，他的人生也没有“不工作”这个选项。为了生活安定，那就必须努力工作，不过也只是这样而已，因此他的内心对于升职没有一丝渴望。

先把手头的事情做好吧！他抱着这样的心态，一鼓作气工作到了十一点。

渡部原本要拜访的这家公司的社长姓盐川。他本人拥有一栋大楼，虽不宏伟，但胜在大方雅致。这栋楼沿河岸而立，就在码头前面。站在河对岸远望，一大片银灰色的高楼大厦中，那点缀着爬墙虎的砖墙建筑格外引人注目。大楼的二楼是一个咖啡厅，芯之前听横田说过，坐在露台上可以一览码头全貌。

盐川看起来至少有四十五岁了。每次见到，他都穿着一身崭新的衣服，皮鞋打磨得闪闪发亮，头发也像是刚打理过似的整整齐齐，而且皮肤特别光滑，言谈举止又温文尔雅。横田以前还傻傻地说过："盐川可真是位 Gentleman（绅士）。"她特意使用"Gentleman"，而不是"绅士"，可谓用心良苦。因为在她看来，盐川是一位高雅且极有魅力的人物，非得用上洋气点的评价才行。

芯来到了最顶层的社长办公室，原原本本跟对方解释了一番渡部不能来的原因，不料盐川听完竟然哈哈笑了起来，看起来很愉快。

本想等他签字盖章后就告辞的，可盐川拿起了内线电话，吩咐说端两杯咖啡上来。然后，他指着会客用的沙发示意芯坐下，又问他有没有看今天早上的新闻。于是，芯就错过了告辞的时机。

看起来，盐川这个社长一点也不忙，拉着芯滔滔不绝地聊起了经济。中途，两人被敲门声打断，一个女人端着托盘静悄悄地送来两杯咖啡，又静悄悄地出去了。等她带上门，盐川意味深长地笑了起来。

“她刚才可很紧张啊。”

芯只能简单附和一句，下意识地拽过一旁的包，又放开了手。

“说不定她喜欢你呢。”

“不……不会，怎么可能？我又不是什么帅哥。”

盐川微微眯上眼睛，打量着芯。

“一个人会不会被喜欢上，和他的外表没有关系。”

他讲到了兴头上，滔滔不绝地和芯聊起了女人会关注男人哪里，会为什么心动，最后甚至还讲起了关于邂逅、恋爱这些不上酒桌轻易不说的隐私话题。芯有些不知所措，也有些抗拒，只能无力地敷衍着与盐川的对话。把别人日常中的一举一动都和桃色事件扯到一起，整天净琢磨这些捕风捉影的事情，不会累吗，不会没时间工作吗？不过盐川的公司有模有样，看来作为经营者，他把个人爱好和工作平衡得很好，从这个角度来说，他还真是厉害。

盐川的话，从芯的左耳进，右耳就出去了。要是一直回答“是吗”这样的话，显得太敷衍，他偶尔也会插一句“受教了”之类的客套话。没想到，这竟意外入了盐川的眼。

“马上到中午了，一起去下面吃个午餐吧，叫上刚才的女孩一起。”

“不……不用了。”

她确实是个美人，但是芯有些排斥这样的撮合，估计人家女孩子也不愿意。盐川却只当他拒绝是因为害羞。

“那你就让机会白白错过了？”盐川笑道。

什么机会？什么机会啊！芯只希望盐川早点放他回去。听说盐川有两次还是三次的离婚经历来着，不知道这是他错过了机会的结果，还是抓住了机会的结果呢？

“总之，今天谢谢你送文件过来。”

盐川站了起来。芯以为他这是放弃当媒人，准备放他回去了，连忙站起身低下头准备道别。没想到对方放弃的只是“叫上刚才的女孩一起”这个部分！他兴冲冲地推着芯的后背，带他来到二楼的咖啡厅，坐到了露台上那个风景最好的座位。

今天虽然是阴天，但是外面依然闷热，还是开着空调的室内更吸引芯。

“我几乎每天中午都坐在这个位子吃饭，一边吃，一边眺望远处的河。因为……”

盐川又开始装腔作势地陈述起他喜爱这个位子的理由，芯依然漫不经心地听着。

下面有人正倚靠在栏杆上，眺望着刚刚出港的船只；有看起来像是已当母亲的女人正一手推着婴儿车，一手领着另一个小孩；有夹着公文包的白领，有散步的老人，还有一个女人穿着颜色深沉如海水一般的衬衫。

那是花冈。

之前停在码头边的观光船终于起航了，旁边的小孩们爆发出一阵又一阵的欢呼。花冈的视线全然不在船上，正翘起上半身看着芯的方向。一瞬间，芯以为她在看自己，准备抬起手跟她打个招呼，可仔细一看，却发现她的表情阴沉极了。

她这是怎么了？打量了好一会儿，芯才明白过来：她看的不是自己，而是盐川。盐川中途看见了熟人，站起身，向对方走去，而花冈跟着慌张地低下了头，掩饰性地四处张望。

芯一边机械地将食物塞进嘴里，一边看着花冈。面前的盘子上摆满了可口的菜肴，可它们和早餐一样，只是散发出煳了的味道。好吃吗，不好吃吗？他只能感受到咀嚼时，喉咙深处在发热，之后带来了疼痛感，等全部咽下之后，就只留下了疼痛感。

等盐川回到座位上后，芯忍不住问：“您现在是单身吧？”

“实际上，马上就不是了。我最近正打算结婚，不过我和她都是离过婚的人。”

盐川像是不好意思似的低下了头。

芯突然站起身，说：“实在抱歉，公司那边有点急事，我现在得回去了。”

当然，这是借口。他急急忙忙下楼，朝着码头赶去。花冈还在那里。

“花冈。”

芯尴尬地不敢抬眼。等他再抬头，发现盐川已经不在刚才的座位上了，也许是去刚才碰上的熟人的那桌了。

花冈一言不发，表情僵硬地迈开了脚步。芯在她的斜后方跟着。

“今天渡部请假了。”声音带着一种奇异的干涩感，声调也没有起伏，仿佛不是他自己的了，“我来替他送文件。”

“是吗？”

花冈的语气也是硬邦邦的。

“是盐川吗？之前你说的……”

花冈大喊道：“是的！”

声音响亮得像是生气了。

她一直面向着前方，没看到芯在身后点了头，又喊了一次："是的！"

原来就是他啊，芯感到全身无力。那个人不过就是个沉醉于桃色话题、工作时话很多的老头儿啊。所以，她现在这样远远地偷看盐川，是因为心里还放不下吧？

像是看穿了他的这一想法，花冈回头说道："我这样不是因为还喜欢他，只是没法接受而已。"江边的风很大，她用手按着刘海，接着一口气说道："虽然我和他交往的时间不长，可既然在一起了，那来结束这段关系的就应该是他，不能是别的女人。我想听他亲口跟我说分手，不想在他的逃避和沉默中结束！"

"对。"

"我只是想跟他说清楚再分手，不是不想分手。"

那就不要那么远远地偷偷看，直接去找他啊。

像是又听见了芯的心声，花冈怒道："但是我不能去他们公司。"

那是因为害怕，还是替盐川着想？花冈没有说，可能连她自己都不明白吧。

花冈的走路速度在女人中算快的。照理说，芯没有义务追着她，但还是不由得加快了脚步。拜今天的桑拿天所赐，他的额头和腋下已经被汗水洇湿了。空气明明很潮湿，江边的风却吹得嘴唇和眼睛干干的，喉咙好渴，脑子晕乎乎的。啊，好像要吐了。

“那个……我有点不舒服。”

花冈听见这话，赶忙停下脚步，转身朝他走来：“你没事吧？”

“有点难受，不好意思。”

身体感到不舒服，并且这一信息通过语言再次被确认，进而回到身体中，于是，身体就更难受了。

“我现在有点晕。”

花冈焦急地东张西望，不一会儿，像是发现了什么似的一把抓住了芯的手腕。

“那边有可以坐的。”

她手指的地方有一段台阶。江边造了一个小公园，公园里正好有些阴凉的树荫。她拖着筋疲力尽的芯快步走向那里，扶着在椅子上坐下后，又急匆匆跑走了。不一会儿，她抱着几瓶水回来了。然后，她用一条水滴花纹的手帕将一瓶水包起来，放在了芯的脖子后面，又另外拧开一瓶递了过来。

“今天天气很热呢。”

她拿出一条质地稍硬的手帕给芯扇着风，又从包里掏出一条薄纱质地的手帕擦了擦自己额头上的汗。芯晕晕乎乎的脑袋分出了小小的一个角落，思量着：她出门到底带了多少条手帕？

喝了些冰水，调整了呼吸，芯的身体也慢慢恢复了一些。

“我好些了。”

“那就好。”

但花冈的手上没有停下扇风的动作，直到芯伸手打断她，才停了下来。

“你的体质不太好吧？”

其实，芯倒是没什么大毛病，只是因为皮肤白，身体又有些消瘦，所以总是被人误认为身体不好。以前他都会反驳的，可是今天恰好赶上了确实不好的时候。多说无益，也只能认了。

“身体确实谈不上结实。”

和前女友一起去电影院或者餐厅的时候，只要空调开得大了，他就会经常拉肚子，搞得对方总是一脸苦笑地问他：“又来了？”一时间，芯陷入了回忆的沼泽，有些失落。可是眼下这状况，也不能再让花冈费心了，他努力将脑海中那些无奈的记忆驱逐出去。

像初濑那样每天斗志满满的人都患上了重病，而他这样得过且过的人居然只是偶尔不适，每天的日子还在照常过，太不公平了。这甚至让他产生了不劳而获的内疚感。

今天这是怎么了，情绪越来越灰暗。芯摇摇头，想要把这些情绪都甩出去。

咕噜咕噜——旁边传来了异响，他看了看身边的花冈。

“没什么，我肚子叫了。”

花冈羞涩地解释。

她可能今天没吃饭，就来这边偷看盐川了吧？芯有些惆怅，便邀请她说：“那要不要一起去吃个饭？”

花冈连连摇头，拒绝道：“不了，不了。你刚才已经吃过了吧，而且现在还不舒服呢，再说你也该回公司去了。”

芯摸了摸包里，想找找有没有糖果之类的，结果发现包里只有祖父给的菠萝罐头。

“这个吃吗？”芯问道。

花冈像是在竭力忍住笑，表情怪怪的。

“你怎么带着这个啊？”

“我爷爷给我的，说肯定能用得上，让我带着。”

花冈沉思了一会儿，喃喃道：“好像民间故事里，奶奶给的麻薯团子一样。但是不好意思，我不喜欢吃菠萝，谢谢你啦。”她微微低下头。

芯凝视着花冈静静眺望江水的侧脸，脑海中蹦出了“普通的可爱”几个字。虽然这词本身就有些奇怪，但他实在想不到其他更合适花冈的词语了。她的眼睛、鼻子、嘴巴，全都小小的，为人又是那么谨慎规矩。

要是能早点忘了那个男人，重新找到一个男朋友就好了。当然，不是随便谁都行，年纪要相仿，人要老实，还得的的确确是单身的。芯发现自己简直变身成花冈的爸爸了，连他自己也被这样婆婆妈妈的想法吓了一跳。

## 6

“你今天的脸色不太好啊。”

第二天刚到港湾旅馆，芯就被凑笃彦说了。凑笃彦正抱着一个脸蛋圆鼓鼓的小婴儿，坐在他常坐的那张老板椅上。

婴儿的小手和小脚也像脸蛋一样胖乎乎的，嘴巴紧紧闭在一起，不哭也不笑，就只是直愣愣地抬头盯着凑笃彦的脸看。

“这是你的孩子吗？”

“是就好了。”凑笃彦连个笑模样也不肯给，看着芯道，“可惜不是的。”

“我就知道。”

芯把自己的包放在了前台里面。刚低下头，却感觉全身的血液像是突然倒灌一般，连忙撑着柜台调整自己的呼吸。从早上开始，他就有些身体不适。

大门被打开了，正是牵着手的小葵和桐子母子俩。他们手里还提着印着药妆店名字的绿色塑料袋。

“这是客人的孩子。”

凑笃彦终于告诉他了。

桐子从凑笃彦手中接过那婴儿，小葵扯着她的衣角，撒娇说也想抱。桐子赶紧闪到一边，答应等会儿给他抱。

“这孩子的妈妈一个人在抚养他。”

桐子像是在确认孩子有没有尿湿，一边用手轻轻摸了摸屁股周围，一边解释说。这个婴儿是个不爱睡觉的小家伙，他妈妈连日来一直照顾，导致自己睡眠不足，体力到了极限，所以才来这里休息一下。在这里，把孩子交给别人照看一晚，自己戴上耳塞，安稳地睡一觉，这样就又能恢复精力了。

“他还是个小婴儿呀，怎么不睡觉呢？”

“有些孩子啊，就是一会儿都不肯睡呢。”

桐子说到这里，自己笑了起来。

“小葵那时候也是不爱睡觉，他两岁以前，我记得我每天都又困又累。”

对她所说的这些事情，芯完全没有概念。

“跟平时一样，明天早上十点来接孩子，是吗？”桐子问道。

凑笃彦点了点头。

芯目送桐子一手抱着孩子，一手牵着小葵上楼了。之前，凑为客人买了一个二手的婴儿床，但是不知道为什么，这床现在在桐子的屋里放着。

“那孩子就托付给桐子了？”

“嗯。”

“那孩子要是半夜哭闹起来，怎么办？”

“怎么办？孩子哭起来，不是很正常嘛。”

“……再怎么说，桐子也算是这里的客人吧？”

“是啊，但是她自己说想帮点忙。”

听凑笃彦这么解释，芯不知为何有些焦躁。

“说起来，孩子都是自己身上掉下来的肉，照顾自己的孩子还会嫌累吗？”

芯之所以这么问，是因为他想起凑笃彦的亲生母亲对他不闻不问。凑笃彦发现自己领子边上沾了婴儿的口水印，竟然有些害羞地笑了。芯更心烦了。

“因为，越是拼命想要照顾好孩子，就越容易疲惫。”凑笃彦抬头看了看芯，挑起一边的眉毛，问道，“你怎么了？怎么感觉在生气？”

“没有啊。”

芯转了个身，结果被自己刚才放下的包绊了一下，险些摔倒，气得直咋舌。包里的菠萝罐头也被踢得滚了出来。

“你怎么还带着这个？”

凑笃彦盯着菠萝罐头，问道。

“我爷爷让我带着的，说是会派上用场的。”

“好像以前的民间故事啊。”

凑笃彦笑着说道。

“花冈也这么说过。”

“花冈是谁？”

“我们公司的临时员工。前段时间，她一个人坐在楼梯间哭……”

明明心里想着不用这么认真解释，可是一旦开了个头，他就完全止不住，结果就把所有的事都讲给凑笃彦听了。

“唉，真是可怜。”

“其实也没什么大不了的。”

不过就是和一个不怎么样的男人交往又分手了而已。发泄似的说完这一番话后，芯眼前的世界开始摇晃起来。他靠在前台上，摁了摁太阳穴。

“这不是别人能说三道四的事吧。”

凑笃彦的语气变得有些粗暴，芯惊讶地抬起头看着他。

“说别人因为一点小事就一蹶不振，那你们这样随意评价别人的痛苦，就很高尚吗？谁有权利随意评价别人的痛苦，你是痛苦鉴定员吗？痛苦鉴定员，有这样的职业吗？没有吧！那你凭什么觉得也没什么大不了的？……”

芯没听完他的话，只觉得意识飘离了身体，眼前白茫茫的一片，没过一会儿就全黑了。

等再次睁开眼睛的时候，芯发现自己躺在一个漆黑的房间里。可能是晕过去以后，被谁抱来这里的。应该不是凑笃彦，他现在还骨折着呢。当然肯定也不可能是桐子。那到底是谁呢？

说起来，这里是哪儿？现在几点了？房间太暗了，什么也看不见。

等他的眼睛适应了黑暗，终于认出来了：这里是港湾旅馆的客房。那么，是凑笃彦让他在这个空房间里休息的吧。他撑起上半身，脑子里晕晕乎乎的，自己大概是发烧了。脑子烧成了一锅黏稠的液体，好像歪歪头就能听见哐当哐当的声音。他抬手把额头上贴着的退烧贴撕了下来。

芯把手伸进口袋里找手机，但是没找到。可能是放在包里了。于是，他下床慢慢朝门口移过去，在黑暗中摸到电灯的开关，打开了。

这里可真是安静啊，就算在窗边也几乎听不到外面的声音。芯仔细一看，才发现原来这里的玻璃都是双层的。

他又一次打量起整个房间。黄铜制的床，还有猫式腿的写字桌，都好像古董。床边那个椭圆的小桌上，正摆着百合花造型的台灯。写字桌上放着一个乳白色的小花瓶，里面插着一枝不知名的浅红色的花。除此之外，就没有别的装饰了，连一幅画都没有挂。

说起来，港湾旅馆的楼梯上、卫生间里还有别的地方，随处都能看到装饰用的花。之前他还看见凑笃彦给一排小花瓶一个一个地插上花，后来桐子和小葵把它们都拿到二楼去了。

据说因为阳子奶奶以前就是这么做的，所以凑也保留了这个习惯。

“以前用的都是内院里的花，但是现在进不去了，就在花店买。”

凑笃彦一边修剪花枝，一边说道。芯于是顺便打听了一下，问为什么要给院子上锁。

“以前有人会去偷花。”

凑笃彦皱着眉头说道。到了晚上，总有人偷偷潜进来把花园搞得一团糟，所以就给锁上了。而当时去买锁的还不是阳子，是凑笃彦。

“我上中学的时候，用攒的压岁钱买的。”

他嘴里说着“压岁钱”这个颇有些幼稚的词语，手底下却用花剪毫不留情地剪断了花茎。这个词和他粗糙的手掌以及低沉的声音，真是不搭调啊。芯觉得这个词有些不真实，虚虚地浮在半空中。

当时还是中学生的凑笃彦，一定非常努力想要保护母亲和死去的父亲珍爱的花园。据说阳子奶奶收到他的这个礼物非常高兴，之后不厌其烦地给来旅馆做客的美千代他们炫耀，说这锁是笃彦买来的。

“就是没想到居然会丢了钥匙。可能是不小心收到哪儿去了吧。”

凑笃彦小声地嘀咕着。

芯想起了那天和凑笃彦聊天的画面，这时门咔嚓一声打开了。他回头一看，原来是桐子。桐子像是没想到他已经醒了，被吓得哇地后退了一步。

“你没事了吗？”

芯晕倒以后，他们给祖父打了电话，祖父连忙带着福田爷爷一起来了，几个人暂时先把他送到了这间客房休息。芯问现在几点了，桐子说已经晚上十点了。芯感觉自己睡了很久，没想到才不过是三个小时。再一问，才知道原来自己已经睡了一天一夜多，将近二十七个小时。听说自己中间还起来上了一次厕所，喝了水，可真是完全没有这些记忆了。自己真的上了厕所吗，不会尿裤子了吧？芯看了看自己的裤子，好像也没什么可疑的痕迹，那大概就是没有尿裤子了。大概……

“最近累坏了吧？你爷爷已经帮你跟公司请了假，你不用担心。”

桐子说那个带着婴儿来投宿的客人也已经休息好回去了。

“那个客人是我在街上遇到硬拉来这里的。”

当时她的手里抱着哇哇大哭的孩子，一边走，一边啃着面包。桐子上前跟她搭话，她说自己的孩子哭起来就停不下来，所以她晚上睡不好，也没时间吃饭。而且，孩子的发育也比别人慢，体重怎么都不见长。对着桐子，那个客人断断续续但像倒豆子一样地把事情都说了出来。

桐子想，可能她平时也没有个能说这些话的人吧，就像自己以前那样的。

“所以我就硬把她带来这里了。”

就算自己没办法帮她带孩子，可至少，能为她带来一夜安眠。

“当一个人觉得自己快要到极限的时候，有一个避风港和没有一个避风港，心情是完全不一样的。对吧?”桐子说完又笑了，“这话还是笃彦跟我说的呢。”

原来照顾孩子是这么辛苦的事啊，芯觉得有些不可思议。在他的印象里，照顾孩子是一件仿佛被柔和的牛奶色雾霭笼罩般的美好之事。看来不是啊。

“说起来，你爷爷看到小宝宝的时候，也夸他可爱呢。”

祖父见到小婴儿用小胖手紧紧拽着自己母亲的衣服，笑着说：“瞧你多壮实，一看就知道是个幸福的孩子。”

客人哭着连连道谢。

“你爷爷真是个好人。不知道为什么，听他这么说，连我都有一种被救赎了的感觉。”

“是吗?”

芯重新坐回了床上。他和祖父的性格不同，等他到了祖父那么大年纪的时候，可没有自信能说出同样的话来。

桐子告诉他，在他昏睡的时候，祖父和福田爷爷已经顺便在整理阳子奶奶的遗物了，这件事桐子也有帮忙，后来连美千代奶奶也加入了。听她这么说，芯感觉很抱歉。明明是自己冒冒失失应承下来的事，结果因为身体原因还要劳烦别人来帮他，最后搞得事情虎头蛇尾。

“你爷爷他们觉得很对不住你呢，之前把所有的事情都推给你去做。这段时间，你身上的包袱太重了吧？”

注意到桐子凝视的眼神，芯低下了头。在这里留宿的客人们，都是以这样的状态生活着的吗？

得知祖父他们还在阳子奶奶的房间里，芯着实吃了一惊。要是平时，祖父这会儿应该已经睡了。

“你还是再休息一下比较好。”

“没事，我就去看一下。”

芯不顾桐子的劝阻下楼去了。

他走到阳子奶奶的房间门口，就看见祖父和福田爷爷正抱着纸箱子在说些什么。祖父注意到芯，连忙迎了上来。

“你没事了吧？”

祖父两手捧住芯的脸，轻轻拍了拍。

“哎呀，别拍了。我又不是小孩子了。”

芯笑了起来。

祖父也笑眯眯地说：“还是个孩子呢。美千代正在厨房里，说要给你做点好消化的东西。”

芯打量起阳子奶奶的房间。才过去了一天，这四个人已经把房间收拾得差不多了。

纸箱子上放着一叠照片。他瞥了一眼，里面是一群穿着运动校服的高中生和阳子奶奶。

“我可以看吗？”

芯也不知道自己在向谁请示。

“没什么不行的。”

福田爷爷说。

芯拿起那叠照片翻了翻。照片的背景里能看到玫瑰和草地，想必就是在那个上了锁的院子里拍的吧。照片里的阳子奶奶比他印象中的更年轻些，所以应该不是最近照的。

“这是桐子吧？”

芯指着一个短发女孩问道，几乎每张照片里都有这个人。

“嗯，这张照片好像还是笃彦拍的呢。”

桐子凑过来看了看，有些害羞，眼睛细细地眯了起来，很是怀念的样子。突然间，她似乎看见了什么，眉头一紧。

芯把视线移到照片中站在桐子身旁的男人身上。那是一个清秀精致的美少年，像是从少年漫画里走出来的一样。每一张照片上，他都在桐子的身边。总觉得那双细长的眼睛和谁有些像，是谁？

对了，是小葵！当芯意识到这点时，着实吃了一惊。

“对了，虽然我们还没有找到钥匙，但是找到了这个。”

桐子拿来一个小盒子递给芯看。祖父和福田爷爷也走过来了。

这是一个长约二十五厘米的正方形金属盒，上面有四位数的旋转式密码锁。

“这个很可疑吧？”

桐子摇了摇盒子，里面发出了哐当哐当的响声。

“可疑。”

像突然看到了希望，两人对视一眼，连连点头。转头一看，祖父和福田爷爷也正在颔首表示同意。

“笃彦说，你可以在这里多休息一段时间。”

祖父说。芯有些犹豫，最后决定还是接受凑笃彦的好意。

“那就恭敬不如从命了。”

凑笃彦曾说过，累了就要休息。

“住宿费就从你兼职的工资里扣。”

“哦……”

芯无力地应道。他又回到客房，钻进了被子里。本来想着已经睡了二十七个小时，再怎么着也不会有睡意，可没想到不一会儿眼皮就变得沉重了起来。

累的时候就好好休息。快睡着的时候，芯突然想起这句话，瞬间又睁大了眼睛。初濑说“要好好努力”的时候，自己不应该附和他的，而是应该清清楚楚告诉他，累的时候就要好好休息。那时候的初濑，恐怕已经撑到极限了吧。

再醒过来，已经是早上七点了，外面天光大亮。芯走下楼去，发现美千代奶奶正坐在前台和凑笃彦聊天。

美千代奶奶发现了芯，小声惊呼道：“哎呀，你下来了，今天怎么样?”

芯用手摸了摸脑门，回答道：“已经不发烧了，就是还有些头疼。”

“那就好，我给你热碗汤去。”说着，美千代奶奶就往厨房去了。

芯朝坐在老板椅上的凑笃彦低下了头，说：“真是对不起。”

“没事的，谁都有头疼脑热的时候。人的身体总是比内心要诚实，可不会欺骗自己，说什么还能再撑一会儿。所以要是发烧了，就要赶快休息。”凑笃彦用冷淡的语气说道，“你爷爷他们昨天晚上已经回去了。”

祖父帮他把上班穿的西装拿来了，但是为了健康，芯决定再多休息一天。反正带薪假期还有很多，正好可以趁这个机会用掉。

美千代奶奶从厨房回来，问芯：“你的那个菠萝罐头我能不能用？顺便给那孩子也做点好吃的。”

她看起来干劲十足的样子，“那孩子”应该是指小葵。

“那孩子可真招人疼啊，我儿子和孙子以前也是那样的。”

她一边念叨着，一边又朝厨房去了。

“美千代阿姨还真是热心啊。归根结底还是太闲了。”

凑笃彦笑着说。芯呆呆地望着他，他的声音太温柔了，不知道为什么令人生出想哭的冲动。芯有些手足无措。

自那以后的几天里，他一直住在港湾旅馆。这笔住宿费自然让他很是肉疼，可是他不想再晕一次了。

晚上，芯守在前台前，桐子也从她的房间下来。两个人一起研究了那个可能装着钥匙的小盒子，可试了好多密码，还是没能打开。阳子奶奶的生日、港湾旅馆的门牌号、凑笃彦的生日、阳子丈夫的生日，全都不对。

思考的过程中，芯的头无意间往桐子那边凑了凑。凑笃彦立刻不满地抱怨道：“喂，是不是靠得太近了？”他像是吃醋了。

凑笃彦也想加入，可是小葵在旁边撒着娇一直黏着他，他也没法硬凑过来。

美千代奶奶替他担下了整理遗物的工作，所以芯现在稍微轻松了些。而且最让他高兴的，是上班路上花费的时间大大缩短了。

只不过美千代奶奶整理的速度实在太慢。这不仅是因为她整理得仔细，还因为这些满是回忆的旧物总会让她停下手上的工作，泪流不止。找到一双针织袜子的时候，她哭得最厉害。

那是一双马上就要织完的小袜子。

“是给小婴儿穿的呢。”美千代奶奶喃喃道，将袜子捧在胸前，“这肯定是阳子要送给谁的礼物。”说着，她就啜泣起来了。

阳子奶奶一直对自己不能生育的事无法释怀。

“所以阳子总说，能这样将笃彦抚养长大，她已经要感谢老天了。”

美千代奶奶哭个不停，芯都不知道该怎么办了。跟祖父通电话的时候，他说了这事，祖父说，越是关系亲密的人，整理起遗物时就越是痛苦。

祖父说完这句话后，一直沉默着，只能听见电话那头传来电视的声音以及微弱的呼吸声。父母、妻子、兄弟姐妹、朋友。芯想起了至今为止，在祖父的人生中谢幕的那些人，和那一份份沉重的悲痛。

美丽的鲜花正盛开。

对芯而言，与阳子奶奶有关的最深刻的记忆，就是这句话了。那是某一次在祖父家聚会时，他们在走廊遇上，她对他说的。

“怎么了？今天怎么不高兴？”

阳子奶奶叫住了芯。

“没，没什么。”

芯敷衍地回答。确实也没什么事，就是那段时间不知道为什么，每天都觉得很无聊。

“芯，你试着说一下这句话，美丽的鲜花正盛开。”

“啊？”

芯有些摸不着头脑，阳子奶奶看着他这个样子笑出了声。

“说这句话的时候，脸上的表情会自然地变成微笑的样子哦。美丽的鲜花正盛开，苦着脸可说不出呢。”

美丽的鲜花正盛开。

挂了电话以后，芯一个人呆呆地念着这句话。他想告诉阳子奶奶，会微笑只是因为这句话的发音，可忍不住又念了一遍。现在的自己，是什么样的表情呢？

有没有在微笑？

## 7

女人办理入住手续的时候，说自己只要工作一忙，睡眠就变得很浅。办理结账手续的时候，她不等芯问，又唐突地开口："你也不觉得这是爱吧？"

周日的早晨，芯冷不丁被这话吓了一跳。

女人为了能好好睡一觉，差不多每两个月来一次这里。三十岁出头，还是和自己同岁？从不同的角度去看，她给人的印象完全不一样，芯实在判断不出她的年纪。

她说她总会做一个相同的梦。只要做了这个梦，她就知道自己最近已经非常疲倦了。那是一个关于头的梦。

一个干尸的头。

女人在现实世界中，是一个社长的秘书，但是在梦里，她是某个大富豪的管家。在梦里，她成了一个有着银色头发的男人，就站在泳池的旁边。女人管这叫作"第三人称的梦"。

如果是用自己的眼睛看到整个世界的发展变化，那就是"第一人称的梦"。而像她这种，看着站在泳池边的管家却能意识到这是自己的梦，就叫"第三人称的梦"。

大富豪是个八十五岁的男人，他带着一个五十二岁的情人一起在泳池里游泳。至于她为什么能清楚地知道梦里人物的年龄，芯就不知道了，毕竟他一直就是有一搭没一搭地听着而已。

在泳池边等待的管家手上抱着一个银色的托盘，上面放着富豪十年前病死的妻子的头颅。那是一个风干得像木乃伊一样的头颅，脸上挂着一副苦闷的表情。大富豪希望自己能在和情人幽会的时候也不忘病逝的发妻，所以就一直将那头颅放在自己的身旁。大富豪认为这是自己对妻子的爱，他那五十二岁的情人也认同这一点，甚至对他们的夫妻之情赞不绝口。可管家无论如何都无法理解这种爱。

“要让我说的话，这根本不是爱。”

“是吗？”

只是个梦而已，居然这么认真地讨论。芯平时很少做梦，所以对她的这种态度惊讶到有些佩服的地步。

凑笃彦说过，要是对每一个客人的事都认真琢磨，那就没完没了了。昨天他也说了类似的话：“有时候也会有健谈的客人，但是无论他们说什么，你都不要追根究底。我们不是心理咨询师，这里也不是医院，只是为他们提供一个暂时歇脚的地方罢了。而且，你别觉得只是听一听别人的话没什么大不了的，可不是那么简单的事儿。只要不是迟钝得要命的人，听多了别人的事，就很容易变成自己的压力。”

芯附和着女人，想着凑笃彦的话。这家旅馆从以前就一直在这里，只是在这里等待着投宿的客人。一直在这里，这件事有着莫大的意义。一直会在这里，这一点非常重要。也正因为如此，这家旅馆是不会轻易关门的。

不过说回来，能成为某种救赎，能成为某种守护，这话也只能对那些与自己休戚与共的人说说罢了。

阳子奶奶和客人就有些划不清界限，凑笃彦作为儿子，总觉得有些担忧。所以阳子奶奶去世的时候，他多少也有松了一口气的感觉。当然，这些都是传闻而已。

“不过，你，我倒是不担心。”

凑笃彦看着芯说道。

“因为我的性格冷淡，是吧？”

他现在还总记得最初凑笃彦拜托自己去找猫时作的评价。

凑笃彦默默地点了点头。

“以前跟你在补习班共事的时候，就这么觉得。因为你跟学生很有距离感，很清楚别人终归是别人。”

原来凑笃彦是这么看自己的。时隔五年，他才知道了。就算凑笃彦说是褒义，他对“冷淡”这个词还是耿耿于怀。然而此时此刻，听着女人一时半会儿结束不了的长篇大论，芯突然觉得凑笃彦说的可能是对的。

女人正说话的时候，芯口袋里的手机振动了一下。目送女人走了以后，他拿出来一看，才发现花冈来了短信。

“木山之前说要找的猫，是不是这只？”

很短的信息，配了一张照片。隐约看得出那是一只正在街上行走的猫的背影，但是画质太模糊了，芯也确定不了。

“你现在在哪？”

他回了一条信息。对方快速发来了离港湾旅馆不远的一条街道的名字。看样子，她是一边追猫，一边发短信的。

“我马上到。”

芯发完短信后，立刻跑去摇醒了还在自己房间里睡觉的凑笃彦，跟他说发现了很像平田焦糖的猫，现在要去确认一下。

“快去！带上这个现在就去！”

凑笃彦指着一个便携式猫笼，激动地大喊。

“我马上回来。”

芯飞奔出了港湾旅馆。

其间，花冈不断地发来短信共享位置信息：便利店门口、银行旁边……

路上还有昨晚下雨留下的积水，芯踩进一个小小的水坑里，鞋子也被打湿了。他跟着花冈的短信不断前进着，根据她最后发来的“神社”两个字，推断可能是指附近那个小神社。

小神社占地二十多个平方米，石兽像、鸟居、古朴的神殿、梅树等，一应俱全。芯踏上这块景致宛如盆景的庭院，暗想这里可不在他列出的猫咪活动区域的清单上。

周围的夏蝉发出刺耳的声音。到处都看不见花冈的踪影，于是他朝神社后面走去。运动鞋踩在神社的砾石上，发出嘎吱嘎吱的声响。刚才他一路跑过来，气息都乱了，只能大口地吸气、呼气，试图让呼吸快点恢复正常。

花冈抱着猫蹲在前方。

“木山？”

猫躺在花冈的怀里，舒服又满足地团成一个球。它的身上和蓝色项圈都脏脏的，看起来也比照片上瘦多了。

“我已经对过名字了。”

花冈看着猫脖子上的项圈小声说道，可能是怕吓到平田焦糖。于是，芯也沉默地点点头。

太好了，还好焦糖还活着。

芯打开猫笼靠近它，花冈抱起平田焦糖放了进去，温柔地说：“别怕了，马上就要回家咯。”

直到盖上盖子，平田焦糖也没有丝毫抵抗，芯觉得很吃惊。

“我一直都很招猫喜欢，算是我唯一的优点了吧。”

花冈羞涩地说。

芯很想说你的优点才不止这一个，可最终还是因为害羞没能说出口。花冈最近一直瞒着芯在帮他找猫。正好就在芯休假的这几天，她在这个神社见到了像是平田焦糖的猫，所以每天都在这附近徘徊搜索。

“我们一起去港湾旅馆吧，估计凑笃彦也想对找到焦糖的人亲口说声谢谢。”

“哎呀，我也没做什么。”

花冈听芯说这话，连连推辞着。最后还是芯说她要是不去，估计自己就要挨骂了，她才终于答应了。

来到神社若是不参拜一下就回去，总觉得有些心虚。于是，芯从口袋里掏出了些零钱投进功德箱里，只是双手合十拜了一下，没有许愿。直到走到鸟居前才想起来，要是刚才许个愿保佑能早点找到钥匙就好了，又或者祝福花冈能够早点得到幸福也行啊，不然还可以祝福初濑能够早日恢复健康。他后悔极了。

等两人走出街道，刚才一直躲在云后的太阳终于露面了，阳光洒落在湿漉漉的地面上。芯用手挡住这刺眼的光线，终于说出了那句：“谢谢你。”

“没什么。”

花冈平静地回答道。可能因为今天是休息日，她没有化妆。她扬起光滑素净的脸庞，笑道：“能找到焦糖，真是太好了。”

芯看着她微笑着的侧脸，觉得她已经不是普通的可爱，而是特别的可爱。可是这种话到底还是太难说出口了。

芯一边走，一边暗自思量：自己是不是喜欢上花冈了？

花冈虽然也傻傻地喜欢过渣男，但是她认真工作，性格温柔，所有的一切全都那么动人。平时是普通的可爱，有时候是特别的可爱。仔细分析自己内心的情绪，是喜欢没错，但是好像和男女之间的“喜欢”又有些微妙的不同。他自问没有迫切地想和花冈更进一步的想法，但若要说完全没有，又是自欺欺人了。

芯想拿自己以往的恋爱经历做个参考，可是发现这还没过多久，他就已经记不清了。虽然他还记得前女友是个什么样的女孩，也记得两人之间的相处模式，但是那些过往的感情好像被包裹在了雾霭之中，看不清楚。

这根本不是爱，芯想起了之前那个客人说过的话，也想起了更早之前凑笃彦说不要随便评判别人的痛苦。

那么，现在他该怎么判断，这到底是爱情，还是普通的好感？

芯在心里左思右想，可立刻又意识到：当下，花冈的眼里只有那个盐川。想到这儿，他的心里空落落的。

——不对，什么空落落的，说得好像自己真喜欢上了花冈一样！不是的，不是的，不是的！

芯脸颊通红地连连摇头。花冈诧异地看着他的奇怪举动，可是什么也没说。

两人走到港湾旅馆的时候，拄着拐杖的凑笃彦已经在门口望眼欲穿了。还没拿到猫笼，他就开始一声声地呼唤他的焦糖。

像是怕焦糖再跑走一次，他把猫笼拿到房间，关好了门，才打开了笼子。凑笃彦嘴里连连呼唤着焦糖的名字，抱起猫用脸蹭来蹭去，完全无视对方发出恼怒的叫声。焦糖可能就是受够了他这副样子，才逃跑的吧。

“就是她找到焦糖的。”

芯一把将花冈推到凑笃彦的面前。

凑绽开前所未有的明朗笑容，极力赞扬道：“谢谢你了！你简直就是天使，不不不，是女神。”

花冈的脸上慢慢出现了一抹红晕。

之后，芯表示猫是花冈找到的，应该把钱给她。可是凑笃彦坚持说这是他忙前忙后的辛苦费，还是按照两人之前说好的价格付了钱。

“真的谢谢你了。我一直就想等它回来了，给它尝尝这个。”

凑笃彦拆开了一包看起来非常高级的猫粮，一边掏着里面的食物，一边对芯说。平田焦糖仰着脸，满眼期待地盯着他的动作。

“一般人不会给猫取名字还加姓吧？”

芯问出了一直以来都让他颇为在意的问题。

“因为这是桐子送的猫。”

凑笃彦的回答完全在意料之内。准确地来说，是桐子家养的猫生的小崽。因为毛色很像焦糖酱，所以阳子奶奶就给它取名叫焦糖，而它又是平田家来的小猫，凑又给它加了现在的姓，于是就成了平田焦糖。

“桐子的爸爸也很喜欢猫。”

凑笃彦脚上的石膏还没卸掉，不方便蹲下，所以芯接过盘子替他把猫粮放在地上。

“桐子他们家就她和爸爸两个人，上高中的时候，她爸爸再婚了。后妈跟她相处得不是很好，所以她现在跟娘家几乎没什么来往了。”

凑笃彦一边说着，一边用爱怜的眼光看着焦糖吃东西。

“几年前……”

他说到这里，表情突然变得十分严肃，没有再说下去了。

“那个……凑笃彦，你其实喜欢桐子吧?”

“啊？嗯，喜欢的。”

凑笃彦干脆地答道。

他果然和自己是不一样的。这可能不只是因为年纪关系。如果自己被别人问到这种问题，一定会说：“啊？没有啊。”如果对方再追问下去，肯定还会下意识地胡说八道：“真的，真的，完全没有。”呵，这就是自己。

“你和桐子之前是高中同学吧？你从那时候开始，就一直喜欢她吗?”

凑沉默地看着焦糖狼吞虎咽的样子，过了好一会儿才说：“也不是。当然，高中的时候确实喜欢她，但是毕业了以后，怎么说，我们也就偶尔打打电话了。所以要说‘一直’，好像也有些过了。毕竟她那时候都不会打给我，只是偶尔会打给我妈。毕业以后我们见过一面。”

芯想起桐子好像也提起过这件事。

“就是这个小家伙在平田家出生的时候。”

他说的是去桐子家接焦糖吧。

“再见就是在我妈的葬礼上……中间隔了有十年吧。”

凑笃彦絮絮叨叨，含含糊糊，完全不像是刚才那个干脆地承认“喜欢”的人。他像是在精心隐藏一些重要的事，小心翼翼地避开了关键的部分。

桐子应该就算那“休戚与共”的同伴吧，不管是对凑笃彦来说，还是对旅馆来说。但是继续追问下去，恐怕有些不妥，芯犹豫着。

“说起来，我得去跟月子道个谢。”

“月子是谁？”

芯问道，凑笃彦满脸不可思议。

“花冈月子。我去谢谢她帮我找到了猫。”

这才知道，原来花冈的全名叫作花冈月子。好像以前的女明星常用的名字啊，就是不知道凑笃彦怎么一下子就跟她关系好到能直呼其名了。

想到这里，芯连忙大喊道：“喂，你不是要去对花冈做什么吧？”

凑笃彦被搞得一头雾水。

“我刚才说的应该是我要去跟她道谢，你这想的是哪一出啊？”

这人都在想什么呢，真是怪怪的，对吧？凑笃彦歪着脑袋，对着焦糖嘀咕，余光瞥了瞥芯气鼓鼓的脸，笑了起来。

“不必谢我了，但是如果可以的话，以后能不能偶尔让我和它玩玩？”花冈说。

从那天以后，花冈时不时地就会造访港湾旅馆。有一次芯加班迟到了，急急忙忙赶过去时就看到花冈正替他坐在前台。

花冈是个极爱猫的人，平时要是实在想猫，甚至会特意去猫咪咖啡店坐坐。她借着猫的话题，已经和桐子还有凑笃彦完全打成一片了，芯多少尝到了些被疏远的滋味。她还常常会夸赞港湾旅馆的外部和内部装饰。每次她这么说的时候，凑笃彦都显得很高兴，饶有兴致地跟她聊起来——明明他没有出半毛钱。

凑笃彦常会跟芯念叨，说月子真是个好女孩。芯两手撑住前台，只兴趣缺缺地目视前方，冷淡地应上一句。

于是，凑笃彦再小声地念叨：“听说这位女士现在还没有男朋友。”不知道为什么，他竟然用上了敬语。真奇怪。

要是回答说自己知道，芯觉得有些怪怪的，所以就干脆不接他的话茬。

沉默之中，凑笃彦无聊地把玩起了手上的打火机。下周，他就要去拆石膏了。

现在焦糖已经回来了，等再找到钥匙，凑笃彦的腿也痊愈了以后，自己就没有必要再来这里了。想到这里，芯的心里像是灌入了一股冰冷的穿堂风。

这是为什么呢？他将手放在胸口疑惑地想，可能这就是离别的惆怅吧。

有什么可惆怅的，自己来这里的目的不就是赚钱吗？不在这里干了，再换个不被公司发现的兼职不就行了？想到这儿，芯突然发现：前段时间不管再忙，脑子里都是想要看到银行账户上出现五百万日元的执念，但似乎已经很久没有再想过这个了。

桐子手里拿着一个白色的盒子，从楼梯上走下来。小葵抓着桐子的裙子，一蹦一跳地跟在旁边。

“今天公司的人送了我一些点心，你们吃吗？”

“吃！”

凑笃彦抬起头答道，声音里充满了兴奋。

芯斜眼看着他的傻样子，原来真的有人三十七岁了，还藏不住喷薄而出的爱意啊。

桐子打开包装盒，里面是一个一个分装好的蛋糕。芯从桐子手里接过一个，猜测蛋糕里面可能加了很多水果干，掂起来分量不轻。

“这个味道很像笃彦的妈妈做的蛋糕，所以拿来给你们尝尝。”

桐子解释说。凑笃彦尝了一口，也赞同地点点头。

“以前在家，所有的点心都是我妈亲手做的，所以小时候特别想吃这种外面卖的点心，想着哪怕一次都行。”凑笃彦喃喃道，“要是那时候跟她说，说不定她就会给我买了。”

桐子轻轻捅了捅凑笃彦的背，说：“真是不惜福。”

芯看着凑笃彦那忘乎所以的笑容，突然觉得自己有点多余。

“啊，我以前最喜欢那种上面撒了白色糖粉的点心了，叫什么来着？柠檬味的那个。”

桐子也跟着他一起回忆起来。正想说些什么的时候，前台的电话响起来了。芯拿起听筒，原来是祖父的电话。

明天就是星期天了，大家准备在祖父家一起讨论关于阳子忌日仪式的事。刚好最近港湾旅馆里，除了桐子没有别的客人，所以把凑笃彦也叫上了。

至于为什么不来港湾旅馆，祖父的说法是，这次碰巧轮到该在他们家聚会了。所以，明天芯还要负责开着祖父的车接送凑笃彦。

“你让笃彦接一下电话。”祖父说。

芯在一边听着凑笃彦接电话的声音，想着要是明天还没有找到钥匙，免不了要被祖父责骂一顿，心情顿时都变得灰暗了。他悄无声息地钻进了阳子奶奶的房间，此时桐子正在教训一直蹦跳个不停的小葵，没有看到他。

他想再挪一挪家具，看看角落里能不能找到钥匙。找到现在，只有那个带着密码锁的盒子有些可能性，不过也只是可能性。

美千代奶奶已经整理完了阳子奶奶的遗物，之前芯觉得没什么用的东西大部分也被当成垃圾处理了。房间看起来清爽多了。

昨天，他把之前偷偷拿出来的那叠明信片又塞回到了一个装着相册的纸箱里。相册上放着一个类似笔记本的东西，一看，发现是母子手册。封皮上是画风怀旧的婴儿的图案，边角已经染上了岁月的陈旧，姓名处写着“石田樱子·凑笃彦”。

鞋带开了，芯蹲下系鞋带。这个时候，有人说着话走进了房间，他顿时僵在原地。

那是桐子的声音，她好像正在和谁通电话，声音变得低沉：“你够了！”

芯心里一紧，感觉身体像是被谁点了穴一样，不能动弹。层层叠叠的纸箱堆在角落，形成昏暗的区域，很好地藏住了芯的身影，桐子并没有发现他，靠在门上继续打着电话。她一直控制着自己的声音，就算是同处一室，芯也听不清她说了什么，只是隐隐约约听到了“小葵”“不要”等几个词，好像是在说什么严肃的事。

“不说了。”

桐子挂了电话，芯听到她长长地叹了口气。从纸箱的缝隙看出去，她正用两手紧紧地捂着脸。

“那个……”

他小声地打了个招呼，桐子慌张地站直了身体。

“你在啊？”

“不好意思。”

芯低头向她道歉，看见桐子的眼睛通红，连忙又移开了视线。

“没什么，就是刚才吓了一跳，我以为里面没人呢。”

桐子不自然地扯了一下脸颊，可能是想要微笑却笑不出来吧。

芯走向那堆纸箱子，轻轻敲了两下，想要换个话题：“你都快把这里收拾完了。”

“可惜还是没有找到钥匙。”

“是啊。”

芯艰难地接话道。

桐子用一只手按着额头，闭上了眼睛，看起来精疲力竭的样子。

“你没事吧？”

她点点头，又叹了一口气，说：“没事，但是我想再在这里待一会儿。”她用两手掩住了脸。

“妈妈——”门外传来小葵的声音。

“哎呀，妈妈去哪里了呀？”这是凑笃彦的声音。

“笃彦很担心你。”

芯思前想后，不知道他俩独处一室的事实和桐子不寻常的表现，哪个会更让凑笃彦担心。

“我知道。”桐子喃喃道，“笃彦一直都很关心我，不，关心我们母子。我却一直利用他的关心，很无耻吧？”

桐子低着头。也许她一直都知道凑笃彦的心意的吧。从“无耻”“利用”这些字眼以及此时她低下的头能看出，她并不喜欢凑笃彦。

“你是说，利用笃彦的好感住在这里很无耻，是吗？”

这话一出口，芯就后悔了，故意用这些字眼去试探，实在是有些卑鄙。

桐子却好像丝毫没有觉得不妥，点点头说道：“是啊。”

这就是成熟的态度吧。对于成熟，每个人自有自己的标准。而芯觉得，不过度隐藏自己的真实一面，坦率光明，就是成熟。从这一点来看，桐子和凑笃彦都比他成熟得多。

“那桐子你……”

芯没有再说下去。桐子淡淡地扫了他一眼，抚弄着手边的纸箱，像是在思考些什么。

“我知道笃彦对我的感情，但是我现在已经没有精力去考虑喜欢不喜欢的事了。我没有考虑过他。”桐子一字一顿地说，“与其说是没有精力，不如说我已经放弃去思考了，因为有太多事情已经让我很累了。”

芯不知道该作何回应，只好随便应了一句。

“芯，我有件事想要拜托你。明天……”

话说到一半，桐子似乎有些犹豫。芯猜不到她要说什么。一阵沉默之后，她小心地关注着门那边的动静，说出了她的请求。

## 8

桐子所说的事，是想要芯明天去讨论忌日仪式的时候，带上小葵。

“公司突然通知明天早上必须得去上班，但是托儿所那边又放假了。”

桐子的语速飞快。

“真的吗？”

芯觉得这只是个借口，肯定是出了什么事。他正准备接着问下去，桐子像是要堵住他的嘴一样，深深地鞠了一个躬，说道：“拜托你了！”

虽然不太明白状况，但最后他还是点了点头，答应了。

第二天早上，芯开着祖父的车来接凑笃彦的时候，桐子已经带着小葵站在了港湾旅馆的门口。

小葵胸前抱着蓝色的小书包，里面鼓鼓囊囊的，看样子是装满了零食和玩具。凑笃彦在一旁，如往常一般用充满依恋的眼神看着在桐子腿边打转的小葵。芯在车里看着这一幕，觉得很美好，他们三个人就像幸福的一家子。

然而，实际上不是啊。想到这，芯的胸口有些闷闷的。他摇下车窗招呼道：“让你们久等了。”

桐子看到他来了，打开玄关的门，朝里面唤了一声：“月子——”

“来了——”伴随着一声明亮的回应，花冈走了出来。

她拉开副驾驶座的车门，坐了进来。

为什么你会在这里？为什么你也上车了？芯的脑海里慌乱

地涌出了许许多多的疑问。

花冈笑嘻嘻地对芯解释道："为了让大家今天能专心地讨论，桐子找我来照看小葵。一切问题，包在我身上。"她拍了拍自己的胸口。

几秒之内，芯的心口被各种各样的想法塞得透不过气来，但是最终只点了点头，说："哦。是……是吗?"

桐子看着凑笃彦和小葵坐上了后排，绕到驾驶座旁低头对芯说："那就拜托你了。"

"芯。"

"嗯。"

"小葵，就拜托你了。"

桐子又向芯鞠了一躬，唇角在微微发抖。

车发动起来，芯一边开车，一边在心里思量，到底怎么了？果然还是放心不下。他看着后视镜中桐子越来越小的身影。她的左手正抚着右肘，体形显得比平时更瘦小，显得她无依无靠。他突然有一种不好的预感，不知道为什么觉得自己可能做了一个错误的决定。

"笃彦。"

"笃彦——"

芯和小葵的声音重合在一起，凑笃彦只顾转头看了看小葵。

“怎么了?”

小葵奶声奶气地问他一些奇奇怪怪的问题，还怕他没听懂，来来回回问了三遍。

芯一路上心烦意乱，恍恍惚惚地开回了家。

车刚在家门口停稳，祖父似乎是听见了发动机的声音，出来迎接他们，后面还跟着美千代奶奶。

芯熄了火，呆呆地在车里又坐了一会儿。

凑笃彦疑惑地问：“怎么了?”这回终于是在跟自己说话了。

“怎么不下来呢?”

美千代奶奶敲了敲后排的车窗。

“没什么，我就是有点放心不下桐子。”

“桐子怎么了?”

凑笃彦探过身子问。

“她今天有点没精神。”

“嗯……”凑笃彦点了点头，“我也看她脸色不太好。她说是有点不舒服，我还劝她身体不好，今天就别去工作了……”

“才不是呢!”

小葵大声打断了凑笃彦。

“妈妈今天肯定是去见爸爸了！我知道的！”小葵噘着嘴说道，“她昨晚偷偷跟我说了的。”

芯感觉车内的温度瞬间降了几度。

“她说了？打电话说的吗？什么时候？”

凑笃彦连珠炮似的发问，小葵似乎被他的严肃表情吓到了，张着嘴，一脸疑惑，不明白自己刚才是不是说错话了。

芯转头看向后排座位，正好和凑笃彦的视线相对。

“快回去！”

凑笃彦喊道。虽然不知道到底出了什么事，但是听他的语气好像很严重。芯点点头，发动了车。

“你们快点去吧，小葵交给我。”

三人决定立即返程，把小葵托付给了祖父。祖父虽然不知道是什么事情，但是隐约感觉出应该是和桐子有关。

“我们马上就回来，你乖乖等着啊。”

小葵的表情很严肃，点了点头。

回去的路上凑笃彦说起，桐子的前夫——也就是小葵的父亲，和他俩也是同学。他和桐子都是美术部的，从高中时期就在一起了。

果然就是照片上的那个男人，和小葵一样有一对细长的眼睛。

“我当时觉得虽然他有些神经质，但是本质上是一个很善良的男人。大概桐子也是这么觉得。”

桐子和那个男人恋爱十年以后，终于结婚了。可是没过多久，男人所在的公司倒闭，他失业了。就是从那时开始，两个人之间出现了问题。男人的自尊心很强，不甘于人下，就算再次找到工作，也很快又辞职了，于是天天在家，游手好闲。

就算是这样，桐子也包容着他，相信一切都会好起来的。只要下一份工作顺利，或者只要生个孩子……毕竟他本质不坏。她是这样想的。

“但是不管怎么说，家庭暴力就是不对。”

一瞬间，芯以为自己听错了。他的注意力都在车内的对话上，一时不察竟然闯了红灯，连忙急刹车停了下来。

原来没有听错啊。

两个人因为钱的事争吵，男人打了桐子的脸。桐子就抱着当时只有一岁的小葵逃回了父亲家。结果最后，男人又是哭，又是道歉，到底还是把她劝回去了。

“桐子和继母的关系本来就不是很融洽。当时她回娘家虽然没人明确反对，但娘家那边也不见得有多欢迎。她爸直接说，小夫妻的事要自己解决。”

凑笃彦用手指在石膏上一下一下地敲打。连桐子的亲生父亲都没能保护她啊。

之后，同样的家庭暴力又发生了好几次。桐子终于感觉到自己的安全受到了威胁，这次躲到了朋友家去。但是每次没过多久，就会被那个男人找到她的藏身之处。毕竟他们两个人从高中时期就开始交往，对彼此的交友状况都非常清楚。

因为男人的嫉妒心，结婚之后，桐子和异性朋友都不来往了。她和凑笃彦那么长时间不联系，也正是因为这个原因。桐子能依靠的只有为数不多的几个女性朋友。

“可能男人就是个暴戾的人，只是之前谁都没发现；也可能是因为工作上的压力太大，才这样的。或许他自己也饱受痛苦，但是不管怎么样，打人是绝对不行的。上次在我妈的葬礼上见到她，她看起来特别憔悴，我都吓了一跳。”

那时候，凑觉得她肯定是遭遇什么事了，所以偷偷交代要是有需要，尽管来找他。桐子的丈夫并不太清楚港湾旅馆，就算他知道她有时会跟阳子通电话，也不知道他们之间的羁绊。

桐子是一年多以前，决定跟男人离婚的。因为男人已经将矛头对准了小葵，这是桐子无论如何也不能容忍的。凑笃彦说，他之前甚至将幼小的小葵狠狠摔到墙上，这一点令芯忍不住想吐。男人只打过小葵一次，恐怕小葵自己都已经不记得这件事了，可这还是触到了桐子的痛处。

中间几番波折，最终好歹是把婚离了。桐子把两人为数不多的存款和家当都留给了男人，只带着小葵来到了港湾旅馆。她比参加葬礼的时候更瘦了，每次听到电话铃响起，都会露出一副受惊的样子。

桐子自己说，她已经无处可去了，哪里都不是归途。

凑笃彦焦虑地用手背敲着车窗。三个人说话的时候，他已经给桐子打了无数个电话，可都没人接。

“桐子没事吧？”

花冈泫然泪下，小声道。

今天路上特别堵，芯用力握住了方向盘。

上个月，男人给港湾旅馆打来了电话，装模作样地打听了几个旧日同窗的消息以后，状似漫不经心地问起了桐子。凑笃彦只说不知道。

“虽然我没说实话，但也许就是那个时候，他起了疑心。”凑笃彦皱紧眉头，“不过他这时候来干什么？”

“也许是来借钱的。”

花冈说。

芯点点头，这完全有可能，还有可能是来要求复婚的。当然，这话不好在凑笃彦面前说。

终于，车停在了港湾旅馆的门口。凑笃彦说桐子有可能去了外面，但是芯坚信桐子肯定就在旅馆里。

桐子之前说过，只要在这里，就感觉被这座结实的建筑保护着一样，充满了力量。所以当她心怀恐惧与前夫对峙时，肯定会选择在这个旅馆里吧。

芯停好车，飞一样地跳下了车。他没时间去搀扶凑笃彦下车，对着花冈大喊一声："拜托你了！"便拉开了玄关的大门。他的脑海中全都是桐子被打得口鼻出血，甚至更严重的画面。

"桐子——"

他连声呼唤着进了旅馆的大门，一进门就看见桐子站在前台前，面色苍白。她的对面站着一个男人，芯只能看到他的背影。

"桐子！"

他又唤了一声，男人转过头来。他和二十年前照片里的样子判若两人，芯一时没有认出来。

"你离她远一点。"

他走向男人，声音比自己想象的还要软弱。他很少经历这样的场面，也不知道自己现在说的话对不对。

"芯。"

桐子无力地低声唤道，身体不住地颤抖。

“你是谁？”

男人的身材比芯高大，满脸冷漠地俯视着他。

“桐子的朋友。”

男人不屑地冷笑一声。

“桐子，你丢不丢人？这是咱俩的事儿，你有必要叫个小朋友来吗？你几岁了？自己拿不了主意吗？”

男人又笑了。

芯听着这装模作样的笑声，更焦躁了。对方冷漠而轻蔑地看着他，这甚至让他有一种低人一等的感觉。

“佐藤。”

背后传来了凑笃彦的声音，芯转过身来。原来他姓佐藤。凑笃彦拄着拐杖努力往前走，但一个不小心险些摔倒了，他身后的花冈连忙扶住他。

“怎么回事啊，这一个接一个的。”

佐藤不耐烦地啧啧，转身又看向桐子。

桐子看着凑笃彦，无力地问：“你们怎么又回来了？”

“你是笃彦啊，都没变呢。咱们几年没见了，毕业以后吧？”

凑笃彦没有理会对方攀交情似的询问。

“笃彦，你之前撒谎了吧？”句尾的声调怪异地扬起，佐藤笑了起来，“你说你不知道桐子在哪来着。我说啊，好歹咱们也是朋友，这点小事还瞒我啊。”

他的话还没说完，凑笃彦就用一种极其冷静的语气对他说：“我是桐子的朋友，不是你的朋友。”

佐藤一脸不高兴地闭了嘴，很快又笑嘻嘻地嘲讽道：“你以前就满嘴念叨着桐子，我说你差不多快拉倒吧。以前桐子就没把你放在眼里，恶不恶心？”

“差不多就算了。”佐藤的声调陡然又变得谄媚。吸气，呼气，他转向桐子笑了起来：

“桐子，小葵在哪里啊？他可是我儿子！他长大了吧？你让我见一面嘛。他是我和你唯一的儿子啊。桐子，之前是我不对，我都改。我知道我之前让你过得不好，总惹你哭，但是我现在跟以前不一样了，整个人都改头换面了。咱们重新一起生活吧，好不好？我和你，还有小葵，咱们三个。桐子，你不知道，我之前也很痛苦的。你有没有哪怕一次考虑过我的感受啊？你就这么突然走了，让我和自己的孩子不能见面，你知道我的痛苦吗！桐子，拜托你了，让我见见小葵吧。小葵是我的亲儿子，唯一的儿子呢。”

那之后，他又重复了无数遍“我们的儿子”，还不时看凑笃彦一眼，像是专门说给他听的。芯意识到这点时，感觉毛骨悚然。这种空洞且无意义的话，他竟然能滔滔不绝地讲这么久。

“你回去吧，佐藤。这里不是你该来的地方。”

凑笃彦说。佐藤看着他又笑了。

“笃彦，桐子只是因为没有别处可去才留在这儿的。你以为她是依赖你，其实不过是在利用你而已。好好想想吧！不丢人吗？”

桐子垂下了目光。

佐藤走向凑笃彦，说了一大堆难听的话，大概意思是：你从前就喜欢桐子，但是连桐子的手都没拉过，怎么现在还想当小葵的爸爸了？可笑。

芯咬牙切齿，拳头握得紧紧的。这时，花冈站了出来，走到桐子和佐藤中间。佐藤刚问要干吗，花冈就拿起什么东西砸向了他的胸口。

吧嗒一声，然后散落了一地。一张一万日元的纸钞轻飘飘地落在了佐藤的鞋上。

“这是五十二万，你可以走了。”

花冈毅然说完，慢慢低下了头看着地上。从刚才在车上开始，她就一副要哭了的表情。芯来回打量着花冈和佐藤，那钱应该是即将和盐川结婚的女人给的吧。她又弯下腰来把地上的钱一张一张拾起来，递给佐藤。握着钞票的拳头抵在佐藤的胸口，逼得他倒退了一步。

芯也想骂一句“人渣”，可惜错过了时机，只能呆呆地站在原地。

佐藤也一时没说话。五十二万日元不是一笔巨款，但也决不是一笔小钱。至少是能镇住佐藤，或者让他为自己的卑鄙行为感到羞耻的金额——如果他这样的人还有羞耻心的话。

“我没打算和你复合。”桐子开口了，大家齐齐看向她，她已经停止了颤抖，“一点都没有。”

佐藤的侧脸露出愤怒的神情，像是随时能爆出火花一般。

“我也没打算让你和小葵见面，如果你要来硬的……”

“我来硬的，就怎么着？”

佐藤又问了一遍，扬起了手。桐子条件反射般地缩起身子，与此同时，凑笃彦上前猛地撞向佐藤，佐藤摇晃几步摔倒了。

凑笃彦也一起倒在了佐藤的旁边。他迅速支起上身，用拐杖瞄准还趴在地上的对方，准准地打在对方的后背上。

“你未免太没有想象力了。”凑平静地说，“以为每个人都和你一样，但是你不是我，我也不是你。”

佐藤像是想要说什么，然而什么都没说出来，只在喉间溢出一丝呻吟。

“桐子是不是在利用我，这在你看来可能很重要，不过对我而言，完全无所谓。”

说着，他又再一次抄起拐杖打了上去。嘣——一声沉重的钝响。

“我不会让小葵和他见面的。”

开着祖父的车去接小葵的时候，桐子坐在副驾驶座上，看着窗外对芯说道。车上只有他们两个人。

佐藤最后到底没有拿那五十二万日元，逃跑似的走了。他可能不习惯被别人打吧。

那时候，凑笃彦对芯说：“你去把车开出来，轧他一回。”

芯赶紧劝道：“我知道你现在的心情，但这真不行。”

凑笃彦气得通红的脸渐渐变得苍白，开车轧人的提案似乎是认真的。然而当桐子像个孩子一样蹲在地上哭起来的时候，他又立马变得不知所措了。

“桐子，桐子，没事了。”

他的手慌乱地上下晃动，也不知道要干什么。

这时候就应该趁乱紧紧抱住她啊，真是个没出息的男人。

芯完全忘了，自己平时也是这般没出息。

桐子一边哭，一边骂芯：“你怎么能回来呢！”

芯有些不明白，但还是乖乖地道了歉，虽然他一点儿都没觉得自己做错了。

“说起来，那钱是怎么回事？”

凑笃彦问花冈。

“我以为这次终于可以把钱散出去了。”

此时的花冈完全没了刚才毅然决然的勇气，语气软弱得让人不敢相信这和刚才是同一个人。说着，她膝盖一软，跪在了地上，像是被抽去了所有的气力。

“不如把它捐了？”

芯建议道。

“说的是啊。”花冈又软软地笑了起来，“我爸爸也是佐藤那样的人，过一段时间就会准时来缠着我，问我要钱。”她没有再说下去了。

三个人也没有继续追问。是的，花冈说过自己和母亲、姐姐一起生活，但完全没提过父亲的事。

芯握紧方向盘想，佐藤肯定还会再来的。

“下次可不要想着一个人偷偷解决了，谁知道他会做出什么。”

完了，他有些意外地发现，自己居然还打算和这些人纠缠下去。

“要是不想让小葵和他见面，你可以把小葵暂时交给我们，但是跟他单独见面太危险，绝对不可以。”

“嗯。”

桐子点点头，眼神呆滞地看着窗外。红灯亮了，芯缓缓地停下车。

“我也不想让笃彦和他见面。”

“……是吗？”

“如果他知道了佐藤的事，肯定会全力保护我和小葵的。”桐子说，“我不想让他受伤。”

“嗯。”

“更不想让他冲动做什么违法的事。”

“嗯。”

绿灯亮了，芯轻踩油门。桐子，你到底在想什么？

“你很在意笃彦嘛。”

他小声说，但是桐子好像没有听到。

“桐子，你一点都不无耻。”

他想了想，换了一种说法。

“不，应该说，你可以无耻些的。人啊，都希望能被在乎的人依靠，希望他们能对自己毫不客气。反之，听到在乎的人说什么‘和你没关系’，才是最让人难堪的。

“不依赖任何人活着，或许并不是多么好的事。因为，每个人都渴望被人依靠。被人依靠了，才会开心，如果一直没有人被人依靠，人生只会无比空虚。而从来不被人依靠的人，也会失去依靠别人的能力。

“我想，笃彦保护、帮助你和小葵，从来都不是为了从你们这里得到等价的关心和爱，相信他以后也不会。我能理解你不想麻烦他的心情，但是这种客气不能给任何人带来幸福。”

桐子将整个身子都转向了窗外，好像是又哭了。

芯一直觉得，凑笃彦这么关心桐子和小葵，并不单纯是因为爱情。也许，他只是单纯地想伸出温暖的手，就像当年阳子奶奶对他做的一样。

一边开车，芯一边说起前女友以及初濑的事。他也曾想要成为他们的依靠。他知道自己很软弱，但即使这样，也希望能够成为他们的依靠。快到祖父家的时候，他把车停在了路边。

桐子的眼睛还是红通通的，恐怕她自己也不想这样去见小葵吧。

“你要喝什么吗？那边有个自动贩卖机。”

桐子想了想说：“那就矿泉水吧。”

芯下车走到自动贩卖机前，发现矿泉水已经卖光了。那就买个瓶装茶算了，结果不小心按了可乐的按钮。手头的零钱已经不够再买茶了，最后他只能提着可乐回车里跟桐子解释。

桐子听完终于笑了，接过可乐说：“可乐也行啊。你知道吗，笃彦是不喝碳酸饮料的。”

“不知道。”

“他说会扎嗓子眼。”

“跟个小孩子一样。”

桐子点了点头，拉开了可乐的拉环。

“很可爱吧，所以，没想到他在女生中还挺受欢迎的。”

“没想到？”

“嗯，没想到。”

桐子小声地笑了起来。

“都是二十多年前的事了。”

“……是吗？”

之后，两个人之间出现了短暂的沉默。

“那个……芯，你其实，并不软弱。”

桐子直视着前方，突然说道。

“谢谢。”

芯靠在座位上，无力地笑了。桐子这么说他很感激，但是事实上，前女友已经走了，而自己也救不了初濑。

“但是你那位朋友，还活着，对吧？”

只要还活着，总能再次见到，坐下来好好聊一聊的。桐子用手指抹去可乐罐外的小水珠。

“而且，就算他不和你说什么，也不代表他不需要你。我想，你的朋友是为了保全自我，所以才在你的面前假装出精神十足的样子。而且，他确实通过这种方式保全了自我。或许有些人会说，这样的行为只是好面子，是虚荣，一定要那么说也不是不行。又或许这样的行为算不上一种正确的选择，但是人有时候就是没办法做出正确的选择。我肯定，你的朋友一定是很需要你的，只是没有用你期望的方式。”

这回，轮到芯把身子转向窗外了。他的鼻子酸胀得厉害，眼皮也肿起来了。桐子像安抚小朋友一样，轻轻地在他背上拍了拍。

她一定是发现自己快哭了，芯顿时有些羞赧。

拍了一会儿，他调整好了自己的呼吸。

“我们差不多走吧。”

芯发动了引擎。

“我也没能做出正确的选择。”

桐子小声地说，芯沉默地看过来。

“还是太固执了。”

她应该是在说佐藤的事。

要是能早一点离开他就好了。桐子和佐藤从十几岁开始交往，总觉得已经对对方知根知底了。虽然她也明白人都是会变的，但她更愿意去说服别人和自己，相信他本性不坏。

不想否定这个跟自己纠缠了十几年的人，其实是不想承认自己年轻时的选择错了。放弃佐藤，也就意味着否定了过去的自己，否定了小葵的存在——虽然这根本是两码事，她也不喜欢。

“但是……”桐子说，“我从来没有后悔生下小葵。”

她的语气很坚定。虽然那时候，她跟佐藤之间的矛盾日益尖锐，但是当她第一次把小葵抱在怀里的时候，心里只有感激。

对冥冥之中伟大的神灵，或者别的什么，她想对他们道谢。直至今日，这种心情也不曾改变。她打从心底里觉得，活着真好，能和这孩子相遇真好。

“是吗？”

芯也在心里替小葵感到高兴。有人因为与对方的相遇而感到快乐，没有什么比这更幸福的了。

桐子突然用两手遮住了脸，难道又要哭了？

没想到她说：“我说得太多了……”

啊，看来是害羞了。芯看到她这个样子，也觉得羞涩起来，自己刚才正儿八经地说什么“你一点都不无耻”，好像在耍帅一样。

“走，我们去接小葵吧。”

芯清了清嗓子，又发动了车子。

“芯！”

桐子叫了一声，芯看过来。

“我想起了一件特别重要的事。”

“什么事？”

“母子手册。”她高兴地笑了起来。

## 9

“你这张脸可真好看啊。”

祖父觑着芯的脸，苦笑道。

此时距桐子和佐藤的那件事已经过去了三天。昨天深夜，芯回来的时候，祖父已经睡了。结果今天早上两人见面的时候，祖父被他吓了一跳。他的右眼圈是紫色的，肿得厉害，唇角也破了。

相对而坐的两人中间，放着一把带蝴蝶挂饰的钥匙。

那天，芯和桐子接上小葵回到港湾旅馆以后，桐子提议再试着开一次那个有密码锁的盒子。几个人来到阳子奶奶的房间后，桐子就去那堆纸箱里找母子手册。

“在这里。”

芯把手册递过来，她沉默地翻看起来。

“2880 克。”

桐子抬起头，拿起密码盒依次转出了“2”“8”“8”“0”几个数字。

咔嚓，盒子发出清脆的声音，锁开了。

盒子里面除了内院的钥匙，还有自行车的钥匙，旅行箱的钥匙，以及几把不知用途的钥匙。

这些东西也不用这么刻意保管吧，芯惊呆了。

桐子拿起那把带蝴蝶挂饰的钥匙，轻轻地放在了凑笃彦的手里。

“密码是你出生时的体重。”

凑笃彦沉默着点了点头。他的头上下摇晃时，还是漏出了几丝鼻息声，像平时一样。

“打开门看看吧。”

他又点了点头，将钥匙放在口袋里出去了。桐子拦住了准备跟在他身后的小葵。

“怎么了？小葵也想去嘛。”

小葵拉着桐子的手腕，蹲在地上撒娇。桐子轻轻地摸了摸他的头，微笑起来。

“笃彦现在肯定想一个人待一会儿，所以咱们就在这里等他回来吧。他肯定会回来的。”

桐子温柔地说。事实上，后来凑笃彦过了很久才回来。

他一个人站在院子里，都在想些什么呢？其他人无从得知。

“是笃彦出生时的体重啊。”

祖父小声地重复道。芯点点头，他也没想到。

用来当密码的数字，肯定是永远不会忘的数字，这句话是桐子说的。他当时不明白，毕竟阳子奶奶不是凑笃彦的亲生母亲。

桐子说：“小时候接种疫苗的时候，还有体检的时候，都要填出生体重这一项呢。所以不管是不是亲生的，这都是个很重要的数字。对于妈妈来说，最重要的数字。”

芯沉浸在了回忆里，祖父又开始观察他的脸：“说起来，你这个脸到底怎么回事？”

“没什么事。”

他敷衍地回答了一句，喝了一口冰牛奶。被这温度冷不丁一刺激，受了伤的脸不由自主地变得凝重了起来。

“是吗？”

“嗯，就是我可能会被辞退了。”

“这可不是没事啊！”

昨天，公司为花冈举办了送别会。因为她的合同期限已经到了，这个月底她将会离开公司。听说她还没有找好下一份工作。

聚会上，芯的座位靠墙，和花冈之间隔了五个人，很难找机会到她身边。

芯的旁边坐着渡部。他本来想，在公司里就坐隔壁，那么来这里自然是能离多远离多远，结果渡部理所当然一般地坐在了他身旁。他斜眼觑着旁边一杯接一杯喝酒的渡部，心里有些不祥的预感。渡部平时嘴巴就臭——不，应该说性格就差，而据说他喝醉了以后会更令人讨厌。

“喂，木山，你知道吗？花冈啊……”

渡部把头凑到芯的身边，一副要讲悄悄话的架势，可实际上声音很大。

“之前是盐川的女人哩。”

渡部兴高采烈地，不断地偷偷打量着花冈，还傻呵呵地重复了好几遍“盐川的女人”。花冈正在和身旁的女同事说笑。

“渡部你要不要喝什么？茶？”

芯尝试转移话题，可对方还是说个没完。他深呼吸一口，提醒自己千万不能生气，又不是第一天认识这个讨人厌的家伙了。谁知渡部又加了一句：她就长了一张容易被人玩弄的脸。

这话实在听不下去了。

“这话你不该说。”

他竭力想保持冷静，但是拿着筷子的手诚实地狠狠拍向了桌子。

“不知道你在说什么。”

渡部又开始重复他拿手的口头禅。这时的芯早已忘了要保持冷静。

“你知道的。”

他直直地盯着渡部。

“你总是这样嘲讽别人，是为了你的自尊吗？这可能确实会让你觉得高人一等，但是能不能请你不要再这样了。别人不是帮助你保持自己心情愉快的工具。”

还没说完，芯的脸上就挨了一拳。在感受到疼痛和恐惧之前，他先被吓了一跳。在他之前的人生中，无论多么生气，都没有想过打人这一选项。

“咦？”

他有些不解，结果又被打了一拳。眼前出现了小小的星星。在漫画中，漫画家总是在被打的人的脑袋边画上星星，原来不是一种艺术表现，而是因为被打的人真的能看到星星啊。

他跌跌撞撞地后退几步，然后头撞到了墙，杯子倒了一地打湿了地板。一瞬间，周围鸦雀无声。

“你小子以为自己是谁啊？”

渡部高高在上地看着芯，两个男同事赶了过来。

“渡部，你喝多了。”

他们架起渡部的肩膀，把他带到一边，转身回头担忧地看了看芯。

闹到这地步，也只能赶快走了。芯慌慌张张地走出了店门，觉得背后有无数道目光刺向自己，一股强烈的羞耻感涌上心头。

走出门没几步，就听见后面有人叫他。原来是横田追了出来，给他送来他刚才忘了拿的包。

“你这里出血了。”

横田指着自己的嘴角跟芯说。他接过横田手里的包，准备找找自己的手帕，花冈也跟了出来。

横田暧昧地看着他俩，边转身边支吾道：“那……我那个……啥，就先进去了。”

“你流血了。”

花冈说。

“我知道。”

芯继续在他的包里翻找着。

“要不要先坐下？”

花冈指着大楼门前的台阶说。

“你赶快回去，你可是今天的主角。”

听到芯的催促，花冈有些恼怒地摇摇头，芯只好坐在了肮脏的台阶上。

上一次被人打，还是初中一年级的时候呢。芯终于翻出来手帕，摁住嘴角，想起了那段尴尬的往事。那一次，他被一个高年级学生抢走了几千日元，那家伙的头发像秋天的麦子一般，金黄色且扎手。

“你真是，那种人你理他干吗？”花冈抱着自己的膝盖，向前探着身子说，“反正我都已经要走了。”

花冈全都听到了。

“对不起。”

“为什么要说对不起？”

“不知道。我这么做，与其说是为了你，不如说是因为我忍受不了渡部说你的任何不好。”

花冈沉默了一会儿，开口问道："你……是不是喜欢我？"

她的脸色好像有些为难，芯不由得也感到为难。如果说实话，估计她会更为难吧。

正好这时，两人面前的街上走过两个像是白领的女人，好奇地望向他们。等她们走过去后，芯做了否定的答案。

"我就说嘛。"

花冈笑了。看着她一脸的安心，芯很庆幸自己的决定。

"刚才你很迟钝啊，被打了也不还手，就愣在那儿。"

花冈低着头说。

"是吗？"

芯无言以对。

"虽然很迟钝，但像是你的风格。不帅，然而正确。"

芯不知道该作何回应，只好点了点头。

"谢谢你。"

花冈微微鞠了一躬，芯也连忙回礼。

就算不是因为喜欢，他也没办法对别人的眼泪视而不见，没办法在看到别人受到不公平待遇时假装不知道。

特别是花冈，他不想看到她哭泣。他希望她总是笑着的，所以他不想给她带来困扰。

这么想来，刚才自己绝对是做了一个正确的决定。

芯看着祖父的脸，回忆起了那天的事，也记起那天分别时，花冈指着自己的嘴角说“请多保重”时的表情。

“就是最近工作上的事，没别的，真的。”

芯对祖父解释道。看着他守口如瓶，祖父也就没有继续问下去了。

“工作不能丢啊。要是但凡碰到点不顺心的事就递辞呈，那就没有地方能放得下你这尊大佛了。”祖父清了清嗓子，接着说，“但是，如果真的是让你觉得生不如死的地方，也没必要拼命坚持。你要分得清顽强和死撑的区别。”

“嗯。”

“工作是为了吃饭，吃饭是为了活着，所以工作是为了活着。不能死。”祖父说，“如果这份工作艰难得让你想要寻死，那就快点从那里抽身出来。”

“我知道了。”

芯喝了一口牛奶，脸又疼了起来。

“那个院子不打理不行啊。”

祖孙俩换了个话题。还有一个多月，在那之前必须得把放肆生长了一个夏天的杂草修剪好。十月，凑笃彦的腿也应该痊愈了。

芯想和初濑说说话，想把最近发生的这些事都讲给他听。就算他还是不肯见面，他也想告诉初濑，自己一直都有很多话想对他说。很多，很多。

## 10

十月十日是阳子奶奶一周年忌日仪式举行的日子。院子里摆了几张桌子，桌布白得耀眼，上面点缀着玫瑰的图样。

进入院子之前，在餐厅写了任性书法。美千代奶奶的背比平时更加挺直，她说我们来随心写些什么吧。大家都拿起了笔。

“写什么呢？”

“什么都可以。”

“可以写你想说给阳子奶奶听的话，也可以写你心里想的任何东西。”

祖父笑着说，他写的是“今天晴天，真好”。

“是写感想啊。”

芯觑着他写的字。

“是啊。”

祖父点点头。

“这是你想说给阳子奶奶听的话吗？”

“是啊。”

祖父又点点头。

“美千代奶奶，你写了什么？”

“这个啊，是秘密。”

美千代奶奶说着，不知道为什么笑了起来。

院子里的玫瑰花此时只开了一半，但是因为放了很多盆阳子奶奶之前混栽的花，整个院子看起来花团锦簇的。最里面那张桌子上摆的不是遗照，而是一张很小的照片。照片里的阳子奶奶看起来很年轻。

照片像是在一个酷暑天拍的，她站在花坛前，轻轻地扶着草帽的帽檐，看着镜头灿烂地笑着。阳光有些太刺眼，她微微眯着眼睛。

祖父评价说，照片没有本人看起来漂亮。

凑笃彦抱着平田焦糖说，这是她很喜欢的照片。照片正是凑笃彦拍的。

“你和阳子奶奶两个人生活了很长时间吧？”

“是啊。小时候去动物园、游乐场，照片上都只有我一个人。”凑笃彦一边抚摸着平田焦糖，一边说道，“所以小学的时候，我就想着赶快学会用照相机，好给我妈也拍些照片。不过没关系，就算照片上只有我一个人，我也能想起给我拍照时她的样子。”

照相机的那边，她总是很开心地笑着呢。凑笃彦不由得伸手摸了摸相框。

芯又看了看那张照片，想象着凑笃彦还是小学生时的样子。或许，阳子奶奶眯起眼睛，不是因为刺眼的阳光，而是因为正深情地看着自己的儿子吧，他拿着和自己的脸庞差不多大的相机，在认真拍照。

“很久之前的事了，真是怀念。”

凑笃彦不知为何认真地打量起芯。

“确实很久了。”

芯看着他怀里的平田焦糖，答道。它还是那么丑。可能是为了防止它再次逃跑，项圈和凑笃彦的手腕中间拴了一根绳子。

“说起来，最近我看了《罗宾队长》，租的碟。”

“啊，好看吗？”

“完全不好看。”

“是吧……”

凑点点头。那是一部给小朋友看的动画片，现在再看，确实非常无聊。

美千代奶奶、花冈和桐子分别拿着茶杯和盘子进来，把它们摆成一排。

“走开，走开，你们挡着路了。”

美千代奶奶把两人赶到角落去了。

“架势真大。”

凑笃彦小声地笑起来。

“是啊。”

芯也点点头。

“说什么不要让笃彦孤……”

凑笃彦看着自己的鞋尖。

“都是小时候的事了，真傻啊。”

不知道他说的是阳子奶奶，还是祖父他们。

“父母都是傻瓜嘛。”

美千代奶奶插了一句，又急急忙忙地走了。

“说起来，你还在找兼职吗？”

“啊，没有了。”

芯苦笑着摇了摇头。已经不用了。他简短地解释了自己最开始为什么执着于攒够五百万日元，凑听完也笑了。

“就为了这个啊？”

“就为了这个。很傻，对吧？”

现在已经可以笑着说出这些往事了，也不知道是不是好事。

“人确实偶尔会做些傻事。这些傻事在别人看来不能理解，对自己来说，也许有着重要的意义。不过，现在我已经不再想存钱了。”

“是吗？”

凑笃彦简短地附和了一声。

“要是做这些傻事的时候，自己能感到莫名其妙就好了。”

凑笃彦像是听到了什么可笑的事情，哈哈大笑起来。

“这样的话，就不要打工了，偶尔回来玩玩吧。”

芯点点头。他想起那天自己给初濑发邮件，告诉他《罗宾队长》很无聊，让他有空也看一看。本来想着就算是没有回应也没关系，可没想到第二天，他竟收到了回信。

无聊，为什么还要让我看啊？傻了吧，你？会看的。

从那天以后，他经常会发些日常小事给初濑。有时候对方立刻就会回信，有时候要等上好几天。看样子，初濑的身体情况还是不稳定。

花冈没有见过生前的阳子奶奶，本来不打算来参加仪式，最后因为人手不够，还是来帮忙了。

“你还好吗？”

芯问她的时候，她元气满满地做出了肯定的回答。她好像接受福田的邀请，加入了“社区猫咪会”。芯也曾暗暗猜测，那五十二万现在怎么样了？但是转念一想，也不是什么值得关心的事了。

“你呢？”

她说的是和渡部的事。

“没事了。”

第二天早晨他见到渡部的时候，对方只说自己什么都不记得，喝醉了什么都不知道。这个回应让芯很感到无力。看来他完全没打算道歉啊。对他这样的态度，芯甚至有点想笑。

“还是那个样子。”

渡部还是那么讨厌，而轻易就放过这事的自己，也还是老样子。不过，每次他开口说话，渡部都一脸戒备，这样看起来，渡部也就没有以前那么令人心烦了。哈哈。

“花冈，你下一个工作有着落了吗？”

“嗯，找到了。是一个工作环境很好的地方，同事们都很亲切。”花冈目光闪烁，接着补了一句，“就是没有你。”

芯也移开目光，心里默默揣测她的意思。自己得说点什么。

“我这边也是，没有了你，感觉少了点什么。”

两个人之间吹起了一阵微风。阳光晒在花冈的刘海上，映出一个耀眼的光圈，非常美丽。芯犹豫了很久，说：“虽然新的地方没有我，但是我就在这里。”

“是呢。”

“我在这里，就在这里。”

花冈又点了点头。

两个人都不说话了。芯本想趁势再说些什么好听的，但是又觉得好像什么都不说才更好。桌上摆满了美千代奶奶和桐子花了三天时间准备好的点心，那是参考在阳子书架上找到的食谱而制做的。

“啊！我以前很喜欢的点心，就是那个！”

凑笃彦指着桌子最里面的盘子，问桐子那是什么。那是一盘裹了白色糖粉的小蛋糕，上面点缀着银杏形状的柠檬干。

“那个叫作‘周末时光’，做起来是最麻烦的。”

桐子说着，切了一块放在凑笃彦的座位前。

“怎么还抱怨起来了呢？”

“因为就是麻烦啊，字面意义上的麻烦。”

“就是这个味道，以前吃的点心，就是这个味道！”

凑笃彦吃了一口，连连念叨，桐子羞涩地笑了。

看样子，自己不在的这段时间，两个人的关系有了进展，不知道两人现在的关系是怎么样的，也不好刨根问底。再说，都已经不是小孩子了。芯看着他俩。

突然，在他身边喝着红茶的祖父被呛了一口。

“没事吧？”

他摩挲着祖父的背，却惊异地发现祖父已骨瘦如柴。

祖父缓缓地调整好呼吸，说：“没事，就是被吓了一跳。”

“这话该我说吧。”

在他的声音中，难以抑制般地带上了一丝颤抖。

“我还以为就这么‘驾鹤西去’了呢。”

“别说这种话。”

他想扯出一个笑容，但是笑不出来。也许，那一天并不远了。手上还残留着祖父后背消瘦的触感。人总有一天要走的，这明明是个再普通不过的常识，可之前竟然忘了。

“要长命百岁啊。”

“这我说了可不算。”

不知道为什么，祖父愉快地笑了起来。

“生死的事，谁都不知道。你也一样，芯。不要以为还年轻，就可以大意。”

“话是这么说……”

“所以要尽情去说想说的，去做想做的，去奔跑，去挣扎，去工作，然后好好吃饭，好好睡觉，苦闷的年轻人啊。”

祖父像是在朗诵台词般说着，在芯的背上结实地拍了拍。

院子一角的树桩上系着祖父准备好的气球，五颜六色的。坐在凑笃彦身边的小葵一直指着那边，像是想要气球。看来他不知道之后还有祖父用心准备的气球表演。

大家计划好了，要一起把这些气球放飞到天空中去。在连着气球的绳子上，绑了刚才大家在餐厅里写给阳子的信。美千代奶奶一边往气球上绑小小的纸片，一边感伤地说：“阳子能收到吗?”

“收不到的，她已经死了。”

凑笃彦立刻否定了。虽然语气不算冷漠，但是这回答也太冷酷了一点吧。

“喂，笃彦。你……”

芯忍不住开口责备道。他觉得，谁都有这样的时候。不管是对已经远去的人，还是对近在眼前的人，也不管这情意是否能传达到，甚至是明知不能传达到，却依然饱含情意地将思绪寄托在飞向天际的气球——谁都有这样紧紧地攥住气球绳子的时候。

“阳子以前很喜欢气球。”祖父望着在风中摇摆的气球，说道，“因为气球就像是开在天空中的花。”

芯沉默地听着，这话好像之前祖父也说过。

“笃彦——”小葵用力拉着凑笃彦的手腕，拖得他上半身都快要倾倒下去了。他恳求着，“帮我拿一个气球嘛。”

“只能拿一个哦。”

凑笃彦站起身来，伸手去拿气球。他本只准备抽出一个的，没想到手下一个不小心，把所有的气球都解开了。气球像云朵一般，一团团地向天空飞去。

“啊——”

听见祖父绝望的惊叫声，凑笃彦慌张地想要抓住这些气球，可惜只抓住了一个。

“啊！啊！！！笃彦！”

祖父喊道。凑笃彦满脸愧疚，将手上仅剩的一个蓝色气球递给了小葵。

“嘿嘿。”

笃彦尴尬地笑了笑。

“你还笑？”

祖父揉着太阳穴。

“哎呀，哎呀，算了，算了。”

美千代奶奶说。福田爷爷的脸上也露出了一丝难以抑制的笑容。

祖父也无可奈何似的，笑了出来。小葵刚才一直都很紧张，直到一边的桐子笑了，才跟着笑了起来。

芯仰头看着天空。红色，黄色，白色，紫色。圆圆的气球飘在空中，看起来就像是五彩斑斓的花朵。他收回目光，看到花冈和美千代奶奶的脸上也露出了笑容。大家都笑着。

天空中，土地上，世间的每一个角落，都有鲜花在盛开。

美丽的鲜花正盛开。

这是刚才芯写在纸上的文字。

“阳子奶奶，盛开的不只是鲜花。”

他悄悄地对着相框中的照片说道。照片中，阳子奶奶的笑容依旧很灿烂。

# 番外：在手心里——阳子的告白

“你知道人为什么要旅行吗，阳子？我是不知道。”

你知道吗，阳子？我是不知道——这话就像口头禅一样，经常听丈夫提起。丈夫长着一张瓜子脸，嘴唇薄薄的，很适合“鄙人”这个温润儒雅的第一人称。他的声音温柔而低沉，说出的“我”字，也有一种柔软感。那是一种让人舒服的音色。可惜再也听不到了，再也听不到他称呼自己了。

他叫凑正孝，生来就是旅馆的继承人。年轻时继承了家业，然后他娶了第一任妻子，又生了一个儿子。之后，妻子和儿子先后离开人世。他迎来送往了许许多多的旅人，自己却不喜欢旅行。他尽可能避免坐火车或者轮船，飞机就更别提了。

在他看来，速度越快的交通工具，危险越大。所以结婚以后，两个人也没有新婚旅行。结婚那年，我三十二岁，丈夫五十五岁。

我在以前供客人们吃饭的餐厅厨房里，给自己和儿子做早餐。有时候走神了，身体也能无意识地完成一系列动作。平底锅上的黄油熔化成了咕嘟咕嘟的小白沫，拿出一个鸡蛋敲破、拌匀，倒进锅里，再轻轻地转动锅子，把鸡蛋摊平，用小火继续煎。

丈夫虽然称不上是富豪，但是有一定的资产。所以我们俩结婚的时候，丈夫的姐姐就奚落我，说一定是冲着财产来的。

财产。是啊，丈夫给予我的隽永爱情和美好岁月，确实是一笔财富。对了，丈夫的姐姐现在也已经不在人世了。

回顾我的婚姻生活，连十年都不到。就在昨天，我办完了丈夫逝世百日的仪式。我们俩过了一年多点的二人世界，然后我的妹妹死了，于是我们就收养了她的孩子，这样又一起过了五年。最后一年，丈夫几乎都在住院。

当得知丈夫得病的时候，心情很复杂。总觉得得病的本该是我，而他不过是代替我在承受着一切。我的内心产生了毫无缘故的罪恶感，并且不曾消逝。其实从平均寿命的角度来看，丈夫比我去世得早，这是可以预测的。而在此之前，我也早有预感。可事到临头，依然有一种不知该向谁倾泻的怒火：丈夫去世时，太年轻了吧。

丈夫去世之前，旅馆就停业了。他刚知道自己的病情，就立刻跟当时在店里工作的员工说明了情况，准备了比一般企业更高的遣散费。不仅如此，他还四处奔走去帮员工寻找再就业的对口单位。

安排好最后一名员工之后不久，他的病情明显恶化了。明明不是什么好事，可他还是笑着说，这可能是死神给的宽限期。

“这旅馆，不管是卖了，还是怎么样，都随便你。”丈夫说，甚至还告诉了我相熟的房地产公司负责人的电话。考虑到此时才七岁的笃彦的未来，他可能也不放心让什么都不懂的我来经营这个旅馆吧。

丈夫的葬礼非常简陋。仪式选在一家古旧昏暗的殡仪馆举办，刚好那又是一个阴天，雨淅淅沥沥地下个不停。诵经时，笃彦一直闷闷不乐，蜷缩着身子坐在椅子上。

打开碗橱，一只碗从一摞餐具上掉了出来。赶忙伸手去捞，碗的边缘砸在了手上，小拇指根生疼。可能是因为那摞餐具大小不一，不太稳当，才会掉下来的。关于这个，之前经常被丈夫说。

“你看起来那么稳重，结果根本不是那样啊。”

他一边捡拾散落一地的碗筷，一边笑着说。

——当然，现在再也听不到了。

将番茄酱和肉汤拌的米饭盛在盘子里，上面盖上圆圆的蛋饼。这道菜名字叫“蛋包饭”，但是我认为完全没必要真的包起来。

“笃彦。”

推开厨房的门，走到大堂呼唤。可是儿子不在房间里。我一边叫，一边绕到了旅馆的后面，打开内院的那扇门，就看见笃彦蹲在地上。

风很大，他的头发被吹得一团乱。

“笃彦。”

听到呼唤，他回过头来，手里拿着丈夫住院前买的玩具。那是一个动画片里的人物，动画片的内容是宇宙飞船变成机器人的故事。这个人物叫什么来着？

“是罗宾队长吗？”

笃彦沉默着点点头。院子里有很多东西，但是比起在里面跑来跑去，他更喜欢把这里的花花草草全当作未知的行星，让他的机器人在其中冒险。

丈夫非常宠爱这个年纪能当他孙子的养子。他说过笃彦是个聪明的孩子，只是偶尔眼里也会掠过阴霾，也许是他想起了在摩托车事故中丧生的亲生儿子吧。听说那孩子去世的时候，才十九岁。

“饭做好了哦。”

我摸了摸笃彦的头，他乖巧地点点头，站了起来。自从丈夫死后，笃彦就没有笑过。

笃彦的亲生母亲是我的妹妹，叫樱子，比我小九岁。她出生的时候不足月，大家都说不能给孩子起花的名字，不然命不长，可父母还是力排众议给她取名“樱子”。母亲总是说，不要迷信。

樱子从小身体就不好，这当然和名字没有关系。小时候，她经常发烧，一睡好几天，父母怕她真的早早夭折，一直精心呵护着。不管多贵的东西，只要她想要或者觉得对她的身体好，都尽可能买给她。

“阳子，你是姐姐。”

母亲经常说。就算她不说，我也知道。这个皮肤白皙，一咳嗽就两颊绯红，四肢纤瘦得好像一折就会断的小人儿，是自己的妹妹，也是捧在手心的宝贝。妹妹发烧的夜里，我会担心得不得了，一晚上起来看她好多次。

帮她换下额头上降温的冰袋，她小声地伸出手叫道：“姐姐。”

“没事的。”只有自己回握住她的手，她才能安心地闭上眼睛。

祖母经常替我抱不平，说因为阳子是姐姐，就什么都要忍耐，太可怜了。可我不这么觉得，我觉得父母也是疼爱我的。我基本上没有恨过谁。

对，基本没有。

柔弱的人应该被好好珍惜。这是父亲的口头禅。而我很强壮，连感冒都没得过几次，所以一定要好好照顾柔弱的人，不然会遭天谴的。

樱子想要的东西，父母都会满足她，可是她看起来并没有很开心。所以我有时候会想，也许樱子感觉并不幸福。体育课的大多数时间，她只能在一边看着。有一次，樱子跟我说：“姐姐，我真羡慕你啊，可以奔跑、游泳，自由自在。”

我也很羡慕樱子啊。手托住腮，我看着正在吃蛋包饭的笃彦。

遭天谴。

每当羡慕妹妹的情绪冒头的时候，我总会想起这个词。强壮的人必须去照顾柔弱的人。我很强壮，因为我很强壮啊。

初中的开学典礼，我是一个人去的。因为前天晚上，樱子又发烧了。身上的制服是比自己大十几岁的表姐穿过的，跟别人的比起来褪色得厉害，这让人多少有些抬不起头来。

一个人没关系吧？阳子一直都很乖，一个人没问题吧？

面对母亲这样的叮咛，我当然只能点头。开学典礼结束，走在回家的路上，抬头望着校园里的樱花，我默默地想：也只能点头了啊。

树上的花朵已经凋谢了一半，看起来没什么美感。踩着地上凋落的樱花花瓣，我想，这就是天谴，一定是的。捡起一小段树枝，狠狠扎向自己的手心。一阵刺痛之后，手心留下了一个黑色的小坑。

原谅我吧，我也不知道在向谁祈求。我已经惩罚了自己，能不能原谅我，不要再这样惩罚我了？

那盘蛋包饭，笃彦剩下了三分之一。我自己也剩了一半，所以没有办法教育他要全部都吃完。

“再有十天，就是第二学期了吧？”

一边收拾着盘子，一边问道。笃彦点点头。

“作业做完了吗？”

“还剩算术习题和练字。”

笃彦的字写得不好看。要不要送他去美千代那里学习呢?我想起了那个经营着书法教室的朋友。笃彦像是看穿了我的想法，岔开了话题。

“外面的草都有点干了。”

“那你去浇浇水吧。”

我把碗筷放进桶里。

笃彦非常热衷于给内院的花花草草浇水，我就把水管给他了。抬头看了看天上的乌云，啊，台风快要来了。就算台风来了，这一带也很少出现灾害，不用太担心。但是如果今晚下大雨的话，笃彦就白忙活了。

院子里没有一棵樱花树，因为丈夫不喜欢樱花。他更喜欢梅花，赞赏梅花在严寒中吐蕊的刚毅精神。刚认识的时候，他就对我说过:“每当梅花一朵一朵开放的时候，就好像希望被一个一个点燃了，你不觉得吗?”最早和丈夫认识的时候，我还在一家出租清洁用品的公司里工作。每次去送账单或者收钱的时候，都是社长亲自出来交涉，当时只觉得很少见。

对了，就是在这里，正好是玫瑰盛开的时节，香味随风飘散。当时，我连连吸气，闻着好闻的味道，凑正孝失笑连连，说："小姑娘可不能在别人面前这样啊。"之后，他带着我参观了这个内院。

我们两个人站在院子里随意聊天的时候，他突然问："你们公司会一起去赏樱花吗？"

于是，我告诉他我妹妹名叫樱子。为什么要跟他说起这个？我也不知道，只是冥冥之中觉得，眼前的这个人大概能懂吧。在开学典礼后仰望樱花时的心情，那些从没跟别人说过的情绪，他都明白的吧。

"哦，樱子啊。"

他的语气很平淡。

"我应该叫梅子什么的，才跟妹妹比较搭调啊。"

听了这话，他爽朗地笑了起来。

"阳子这个名字很好啊。"他说，"要是没有太阳，花儿们都没法生长了。"

我吃了一惊，原来这个人记得我的名字啊。那时就觉得他真是一个很好的人，可惜年纪大太多了，和自己离得有些远。从没想过，有一天我会对这个人产生仰慕之情，甚至是爱恋之情。

"妈妈。"

笃彦指着花坛，抬头叫我。原来那里已经有几枝秋海棠开花了。

“哎呀。”

我有些惊喜，笑了起来。回头一看，笃彦看起来也有些高兴的样子。

原来这孩子看到花开，会笑啊。

晚上八点，笃彦就关上灯，钻进被子里睡了。丈夫总说睡眠是很重要的，有好的睡眠才有好的人生。我从前台抽出一把以前员工值班时坐的椅子坐下，一手托腮，一手玩弄着一支钢笔。眼前的明信片上只写了“樱子”两个字。闭上眼睛，用力按了按太阳穴，可能是因为血压的问题，头很痛。

自从妹妹去世后，我写了很多封没有投递的明信片。

我有很多漂亮的明信片。有的画着日本的风景，有的画着外国的风景，有的点缀着干花，有的散发出芬芳。这些都是我从少女时代开始，一张一张收在点心盒子里攒起来的。好浪费啊，已经用不到了。

樱子以前经常会看我收集的明信片，用羡慕的语气说：“真漂亮……”

我知道她也想要，可是我想：只要她去跟爸妈说，不管多少张，爸妈肯定都给她买。所以，我一张也没给她。

不过是一张明信片，要是当时给她了就好了。

说起来有些可笑，刚开始给樱子写明信片，就是抱着一种补偿的心情。这封寄托着思念的明信片，就是对樱子的补偿。

可能是因为两人差了九岁，所以我们从来没有深入地聊过天。看上去确实关系不错，或许实际上谁都没有敞开过心扉呢。一想到这里，心里就像是灌进了一道冷风。

若是当时能好好聊一聊，后来发生的一切，会不会不一样呢？

一阵门铃打断了回忆，我吓得差点蹦了起来，捂着胸口想，这个时间会是谁呢？可是门铃执着地响个不停，怕吵醒房间里的笃彦，我只好慌慌张张地去开门看。

门还没打开，就听见一个女人的声音："不好意思。"

一瞬间，全身的血液像被冰冻住了一般。

樱子？是樱子吗？是樱子吗！

连忙拉开门，只见门口站着一个看起来年纪比自己还大些的女人，个子很矮，皮肤有些黑。和樱子一点也不像。

"不好意思。"

女人又说了一遍，声音果然像樱子。我默不作声，她只好自说自话般地说下去。她想投宿。

"我们已经停业了。"

女人抱着一个小小的旅行包，满头大汗。我的脑海里闪出几个字——有隐情。

听到答复，女人低垂着头，好像很失望。

“是吗？我总是睡不好。”

我感觉身体有些僵硬。

“几年前我在这里住过，睡得特别香。我就是想起来这感觉，才来这里的。这里的被褥很舒服，也很安静，打开窗户还有玫瑰的香味。”

女人似乎在远眺什么一般，盯着我身后的走廊，擦了擦额头的汗。不管是她的眼神还是动作，都让人感到不安。她明明是面对着我在说话，可总让人觉得她好像在注视着别的什么东西。

“既然已经停业了，那也没办法了。告辞了。”

女人平静地道了别，脚步沉重地走开了。一阵风突然吹来，她脚下一个踉跄。

“等等。”

还是下意识地叫住了她。

二楼的客房积了灰尘，空气也有些污浊，可女人还是三番五次地跟我道谢。我反手拉上了客房的门，要是美千代知道这事的话，肯定又要批评我让一个不知底细的人夜宿了。

确实没法放着那个人不管啊。但如果自己老实回答这个理由，木山和福田肯定会皱眉说：“阳子就是太善良了，才容易被坏人利用的。”他们总是很关心我。

我们都已经是中年人了，大家见面的时候却还是会用上学时的昵称。他们之前出席了丈夫的葬礼，之后又来过旅馆几次，美千代更是隔个几天就会打电话来。

这些认为我是很温柔且善良的人应该不知道我的嫉妒心和自卑怯懦吧。真正的我，不过是一个害怕遭天谴的胆小鬼。对这样的自己，我总是感到羞耻。

温柔的说话和行为方式，不过是努力经营的结果，并不是天生的。在那个家里，成为一个“懂事的姐姐”是我唯一的存在价值，也是我必须戴上的面具。

家里人常会打趣我，说明明是个挺能干的孩子，可就是不会收拾屋子，以后嫁了人可怎么办呀。呵，那是因为我知道如果自己表现得太完美，只会被人同情。

所以，为了让大家都能开心，我总是表现得不以为意，甚至偶尔故意表现自己的笨拙。可是慢慢地，脸上的面具和底下的皮肤融为了一体。

总是睡不好。

又想起了刚才那个女人说的话，以前樱子也这么说过。也许那句话，就是樱子向我这个一向不曾推心置腹的姐姐发出的最后求救，可我却完全没有意识到。

我之所以年近三十还一直在工作，是因为没有遇到有缘人。所以家里的长辈要给我介绍相亲对象的时候，我没有拒绝。介绍人说，对方性格稳重，身体也好，在一家不错的公司上班，也没有不讲理的亲戚，对你这种已经过了适婚年龄的女人来说，是最好的选择了。

第一次见到那个姓石田的男人时，没有讨厌，也没有喜欢。因为没有特别讨厌，所以也没有拒绝的理由。可能对方也是一样的想法吧，所以两个人的关系就这么不温不火地顺利进展了下去。第一次相亲的时候，我们两个人在我家见的面，来给我们倒茶的正是樱子。当时，那两人有什么交集来着？已经完全不记得了。

关系进展得不错，那之后石田的父亲突然过世，于是我们俩的婚期延后了一年。我打算结婚以后还继续工作，去港湾大厦的时候还跟凑正孝闲聊起了这事。我记得他听我说完后，过了几秒才睁大眼睛笑着说：“是吗，恭喜你。”那个笑容中有些虚无的空洞。为什么呢？我没有想过，也刻意不去想。

从什么时候开始呢？

对着写了一半的明信片，我试图去回忆。二楼已经一点声音都没有了，那个女人大概已经睡着了。也不知道她如愿睡了好觉没有。

从什么时候开始，发现樱子的精神不太好的呢？

樱子成年以后，身体好了很多，虽然不能出去工作，但是可以去裁缝教室学习了。她说手工活的话，在家也能做，还说可以靠着手工活一个人生活下去。说得好像要一辈子单身了一样。我说你总有一天也是要嫁人的，谁知她突然就哭了起来。

“我不结婚。”眼泪像断了线的珠子一般滚了下来，她紧紧握着我的手说，“姐姐，你一定要幸福啊。一定要！”

有时，她会忧郁地远眺窗外，有时，也会对母亲乱发脾气。本来就清瘦的脸颊更瘦了，但柔弱又忧郁的侧脸依然美得能让人呼吸一滞。

那段时间，石田的工作好像很忙，我很少能见到他。就算偶尔见面了，两个人的话也不多。那时候我还想过，以后漫长的婚姻生活也许会一直这样平淡无味，真是有些郁闷。他人不坏，可惜太过内向了。

过了石田父亲的丧期，就在我们两个人要正式登记结婚的时候，樱子怀孕了。

孩子的父亲，正是石田。

樱子哭着说，第一次见到石田的时候就动心了，而石田只是顺水推舟回应了她的感情。

樱子每次唤起石田的名字，语气都像是渗了蜜一样暧昧。为此，我还受了很大的打击。祖母和母亲都曾说过，只有爱情的婚姻是不行的。既然她们都这么说了，那应该就是那样了。就算之前对石田不了解，那也要去慢慢习惯，慢慢地成为他的妻子。而爱情，不过是另一个遥远世界里的故事，是荧幕上美丽的幻梦。

然而，眼前的妹妹却拥有了爱情，爱情的火焰在她身上燃烧出美丽的幻影。这让我对以往的认知产生了动摇。

“你是爱着那个人的吧？”

我小声地问。

“姐姐，对不起。”

樱子弯下身，不住地道歉。

那时，我丝毫没有被人抢走了未婚夫的愤怒，反而重新意识到，原来自己丝毫不爱那个男人啊。那个在我面前沉默寡言的男人，在樱子的面前，肯定有很多话吧。而我和石田之间，连个必须要说的话题都找不出来。

饶是父母再宠爱樱子，也绝对不允许家里发生这样的事情，他们勃然大怒。石田的母亲也火速赶来，跪在我的面前道歉。

“他们俩是相爱的，就让他们结婚吧。”

这是我的想法。几番波折之后，他们两个人终于结婚了。不久，孩子出生了，取名叫笃彦。美千代听完了这个故事，特别愤慨，但是对当时的我来说，这样的结局不如说是一种解脱，似乎脚踏实地地又回到了应该在的地方。只是这事听起来，确实让人有些生气。不管怎么跟美千代解释，她也不能理解我的无所谓。

也许只有石田，能懂我此时的踏实吧。说起来，我们两个人的关系着实很微妙，但是从头到尾，他都没有表现出对不起的意思。于夫妻之道上实在没有共同语言的两个人，此时此刻，似乎终于能够体会对方的心情了。

从那以后，樱子离开了家，和石田一起住在出租房里开始新的生活。虽然父母对两人的婚姻十分不满，但看到小外孙时，态度也改变了。他们每次都高高兴兴地念叨着外孙的名字去探望他，回来时常和自己讲“他又长大了呀”“已经会翻身了”什么的。很快，他们就改了口径，觉得樱子和石田同居也挺好的。他们已经完全忘记了，原本应该和石田结婚的人是我。

从那以后，家里再也没有人提过要给我相亲的事。所以在我第二年决定要结婚的时候，周围的亲戚都吃了一惊，不知道这个对象是从哪里冒出来的。其实那时候，我和凑正孝基本没有交往过。只是听说我的未婚夫和我的妹妹结婚了，一般人的反应都是同情她，他却不一样。

“那我就不再客气了。”

说这话的时候，我还不明白是什么意思。之后才知道，原来他是准备向我求婚。

结婚以后，日子过得更加顺心了，但我无时无刻不在担心着上天的责罚。因为从结果来看，自己明明是和最合适的人结了婚，可旁人都觉得自己是一个“为了妹妹做出牺牲”的姐姐。

总有一天，会受到惩罚的。

笃彦很可爱。

我还记得笃彦出生那天，自己隔着玻璃窗小声惊叹他的可爱。我也记得樱子第一次把这个只有 2880 克的小家伙放在我的怀里时，那脆弱柔软的身体。正在大哭的笃彦，只要被我抱起来就能立刻安静下来。记得那时候，樱子还噘着嘴抱怨道：“比起我，这孩子更喜欢姐姐呢。”我非常高兴地笑了。

笃彦，多么可爱的孩子，是我的外甥呢。

父母都说他的耳朵轮廓很像我，打趣说他在一些边边角角上是遗传了我的基因。

笃彦从来没有问过自己的亲生父母是什么样的人，是怎么去世的，也不知道这个七岁的小男孩是怎么接受一切的。也许他在听说父母同时死亡的时候，就意识到了什么吧？当然，这可能是我多虑了，但是他一向很敏锐。

望着笃彦紧闭的房门，我感到头剧烈地疼起来，只能咬着后槽牙忍耐。我知道自己现在应该去吃点头痛药，却懒得站起来。

“他好像有别的女人了。”

那个时候，樱子偷偷地向我倾诉。

“怎么可能？”

我对她的猜测一笑置之，她却皱起眉头摇了摇头。

“他最近总是回来得很晚，还偷偷摸摸的。之前有一次跟我说在加班，但是身上有香皂的气味。肯定没错。”

“石田不是那样的人吧。”

作为一个姐姐，我和颜悦色地抱住她的肩膀劝道。其实之前，我看到过石田和一个女人走在一起。只是这话不能对她说。

那时候，我天真地以为是因为刚生完孩子的樱子无暇顾及丈夫，所以让石田感到寂寞了。等笃彦再长大一点，等他有了当父亲的觉悟，肯定就不会再出轨了。

可是樱子觉得，就像他之前抛弃姐姐一样，他这次打算抛弃自己了。

“肯定是误会。”

夫妻之间是因为没时间好好沟通，才会产生嫌隙的吧，毕竟笃彦正是最让人劳神的时候。我是这么想的。可是后来，石田的出轨行为丝毫没有收敛，樱子一直纠结于这件事，也不再照顾笃彦，整天都只是在猜测丈夫的去向。最后，她甚至放着婴儿床里大哭的笃彦不管，在一边疑神疑鬼地闻丈夫的衬衫上残留的味道。这样的樱子实在是有些不可理喻，简直就像是换了一个人，让人不禁有些害怕。我能做的，也只是频繁地去他们两个人的家里帮忙照看笃彦。

樱子和石田死于交通事故。

我曾建议他们偶尔出去转转放松一下。那天，我替他们照看着两岁的笃彦，他们租了一辆车出去兜风。结果，他们的车在国道上突然冲到对面车道，撞上了迎面驶来的卡车。

他们出事的同一时间，我正在唱歌，而笃彦挥着短短的小手在一边和着歌声跳舞。他不小心摔了个屁股蹲儿，样子实在太可爱了，搞得我忍不住好几次抱起他，蹭他的脸颊。

目击证人说，樱子和石田的车本来好好地开在路上，可是突然摇晃起来，没一会儿就冲上了对面的车道。

最后的结论是，石田的驾照水分很大，他技术不精导致了这场事故。

在葬礼上，石田的母亲对着两个并排的遗像再次向自己和父母下跪道歉。我想抱起她，但是她执拗地把额头紧紧地贴在地上，一动不动。

天谴。

我不明白这是对樱子和石田的惩罚，还是对自己的惩罚。我怕得不得了。

“他说想离婚。”

那天，脸色阴沉的樱子把坐在她膝头的笃彦粗暴地赶下去。

“樱子，别这样！”

我急得声音都有些粗哑了，连忙把笃彦抱起来。

“最近我都睡不好，姐姐。”

樱子紧紧地抱着自己的头，但是我还在为她刚才对笃彦粗暴的动作生气。我很想狠狠地骂醒樱子，让她意识到自己是个母亲，最后还是强忍住了。那时，我光顾着极力压抑对她的责怪之情，却没有好好看清她脸上是什么样的表情。

“你很累了吧，樱子？要是石田回家，看见老婆这么钻牛角尖，心里肯定更不舒服，就更不愿意回家了。来，姐姐给石田打个电话，你们俩单独出去，好好放松放松，聊聊将来的打算。”

那时候我是这么建议的，之后就发生了事故。事态远比我想象的要更加严重。

也许那根本就不是事故，也许是坐在副驾驶座上的樱子伸手抢了方向盘。与其让他被别的女人抢走，不如杀了他，一起去死。

事到如今，真相已经不得而知。但是我知道，石田是樱子唯一发自内心想要得到的人。我不明白，不管父母给她买什么都不曾露出开心笑颜的樱子，不曾幸福过的樱子，为什么会如此执着于石田？一个人爱上另一个人的理由，本来就不是外人能体会的。

就算是这样，我也想问问樱子：笃彦呢？对你来说，笃彦到底是什么？时至今日，我也没有自己的孩子，但我比谁都相信，生了孩子的母亲爱自己的孩子胜于一切。

对我来说，笃彦是任何人都不能取代的。我不能相信，也不敢去相信，对他的亲生父母来说，他是可有可无的。这太残忍了，不是吗？樱子。

如果石田没有和樱子结婚的话，我就没办法和丈夫结婚。如果樱子他们还活着的话，我也没法和笃彦成为母子。然而，如果樱子没有和石田结婚的话，她根本就不会走上这条通往悲剧的路！那么，那天坐在副驾驶座上的人，会是自己吗？逃过一死的想法总是出现在我的心头。

任何人都不可能兼得鱼与熊掌。人总是失去一些东西，又得到另一些东西，得与失，永远相生相伴。

若是这样，那么失去了凑正孝的我，得到了什么呢？

我轻手轻脚打开笃彦房间的门。铜制的床脚上拴了几个气球，有的已经漏气瘪下来，有的还是崭新的。只要车站前有人发气球，笃彦肯定要拿回家。他最喜欢能飞上天空的东西，宇宙飞船、飞机、鸟、气球。

我把毛巾被盖在笃彦的肚子上，他的呼吸沉稳而有规律，显然正在熟睡着。好想摸摸他的脸，最终还是忍住了。他的睡颜天真无邪，但比一般的七岁小朋友看起来老成很多。他还只是一个孩子，却在出生后的七年时间里，相继失去了双亲和养父。

正孝失去了前妻和儿子。我失去了妹妹、妹夫和丈夫。身边的人说没就没了，真是不祥的一家。想笑，却苦涩得笑不出来。

下一个是谁呢？父亲？母亲？每个人都会死的。下一个会是我吗？如果我死了，这孩子该怎么办呢？不能把他托付给父母了，自从樱子走后，他们一下子老了很多，大概是没有精力去抚养笃彦长大成人了……这些多想也无用的思绪，一直在脑海中挥之不去。

头疼越来越严重了，太阳穴的血管像是被人敲打着似的，一跳一跳似的疼。

咔嗒。大堂的方向。咔嗒，咔嗒。可能是刚才那个女人下来了。

回到大堂一看，没有女人的身影，却见玄关的门开着。不知道什么时候，外面下起了雨，路上湿漉漉的。仔细一看，原来女人正在几米外横穿马路。她没有打伞，手上也没有行李，步子晃晃悠悠的，样子有些奇怪。

“喂——这位客人。”

女人像是没有听到呼唤声。我连忙回到前台，拿上了大门的钥匙，确定关好了门后向女人的方向追去。

“喂——等等！”

我一边叫，一边跑。女人看起来步履不稳，没想到走得竟很快。她好像没有穿鞋。就这样，两个人先后经过了药店的转角、停车场旁、酒家门前。我都要怀疑她是不是梦游症发作了。眼睛里进了雨水，光脚穿着的凉鞋湿了后更加滑了，两只脚经常绊在一起，脚下的路越发难走了。

女人走出了大路，又要横穿马路。已经很晚了，但是路上依然有车穿行，发出刺耳的鸣笛声。

小心！要被撞到了！

我想提醒那个女人，喊出的名字却是“樱子”。

樱子。樱子。

一辆车挡住了视线，潮湿的黑暗让我丢失了女人的身影。

“樱子！不能去！不要丢下笃彦一个人！”

我歇斯底里地喊着，有人在身后抓住了我的手腕。

“阳子！你在做什么?!”

撑着伞的男人严肃地质问。

“樱子已经死了！”

“我知道……我都知道，木山。”

头疼得像是被什么东西紧紧勒住了一般，身体不由得蹲了下来。

“自从凑正孝走了以后，你一直不太好。说起来挺不好意思的，但是我们一直在监视你。”美千代说，“隔个几天，木山、我，还有福田，轮流来这里偷偷看着你。

也就是说，今天能碰到木山不是巧合。下班后，他专程绕过来看看，结果正好撞见我追着女人跑出去，于是也急急忙忙跟在了后面。

得知这一切的时候，我正躺在自己卧室的床上。跟丢了那个女人以后，我头疼得几乎不能自己走路，是木山把我送回了家。我只听见了一句“怎么烧成这样”，就失去了意识。我知道笃彦担心地来看过我。我知道美千代安慰他说：“别怕，妈妈没事的。”我知道樱子来到我身边，说：“姐姐，我睡不好。”我知道自己喝了水。我知道丈夫在枕边说：“你知道人为什么要旅行吗，阳子？我是不知道。”我知道自己想去厕所，却摔了回来……看来，一半都是在做梦啊。

我还隐约听到了木山的妻子的声音。她拿来了饭团，木山对她说：“辛苦你了，谢谢。”啊，看来不仅麻烦了朋友，还牵扯到了他们的家人。真让人有些无地自容。

过了三天，终于退烧了。

“你真是让人担心死了。”美千代嗔怪地看了我一眼，“如果能起来的话，就去餐厅吃点东西吧，我做了点稀粥。”

她撑着我的背，把我扶了起来。走进餐厅，就看见笃彦坐在一本素描册前，身边坐着木山和福田，正盯着他手下的图画看。

看到我，木山和福田立刻灿烂地笑了起来，强装没看见我此时乱蓬蓬的头发和睡衣。

笃彦站起身来喊我：“妈妈。”

我对他点了点头，他也跟着点了点头。

“对不起。”

让你们担心了。这话是说给笃彦听的，也是说给在场所有人听的。

“来，吃吧。”

美千代端出一碗稀粥，我用勺子吃了起来。大米稀软甘甜的味道刚刚入口，就忍不住想放声大哭，可是不能在这里哭。所以，我只得强忍住对美千代说了一声“真好吃”。

“那当然。”美千代回应道，“多吃点，阳子。”

“那个女人听说是在这里住的客人，你那个时候，是叫她……樱子？”

木山直勾勾地看着我，我不由得垂下了头。每次见到木山的时候，我都忍不住想要挺直腰背。他的腰背就像尺子一样板正。他是一个温柔而严厉的人，被他凝视着总有一种被看穿的错觉，这让人有些不安。

“这个……”

木山拿出了一个茶色的信封。昨天那个女人的丈夫来付了住宿费。果然如之前所料，她是梦游症发作了。

女人的丈夫是为了继承女人的家业而入赘的女婿，听到那天的情况以后，用手敲着前台小声叫道：“怎么会这样？她拿了公司的钱跑了……明明是自己家的公司，明明在自己父母的庇护下什么都不需要烦恼，为什么非要拿钱跑了呢？”他的声音中蕴着悔恨。据说最后他道了歉，觉得自己的一番言论给人造成了困扰，留下几张钞票，不等找零就走了。

“为什么呢？”

我停下了喝粥的勺子，迷迷糊糊地思考着。

“每个人都有自己的隐情。”

木山简短地回答。

“哇，画得真好。”

福田在表扬笃彦的画。虽然离得很远，但是从那个配色就能看出来，他画的是罗宾队长。

又想起了那个说自己睡不好的女人的声音，那个和樱子很像的声音。真遗憾，最终也没能让她睡一个好觉。

突然，我记起了丈夫之前问人为什么要旅行时，自己的回答——正孝，人总会需要一个可以停留的地方，那个地方不是家，也不是公司。

“如果能帮到这些人就好了。”

我轻轻地说。

“不可能的。”

木山果断地答道。

“为什么?”

我想笑着问他，可是笑容勉强极了。脸颊，嘴角，都歪了。

“现在的你，谁也帮不了。”

这说法太过分了吧?结果抬头一看，美千代和福田也赞同地点了点头，连笃彦都担心地眨眨眼睛，不断地朝这边张望。

“阳子，不能向别人敞开心扉的人，也不能走进别人的心里。”

平时说话总是犹豫不决的美千代，这句话竟然说得斩钉截铁。

“阳子，你的心门是关着的，不，应该说你的心门一直是关着的。”

福田也加入了声讨行列。

“你现在这样的状态，只会给别人带来不幸。我知道你是个很善良的人，然而到底什么是帮助别人，什么是拯救别人，你可能不知道。想要帮助别人的想法，固然值得赞赏，但在那之前，你先看看镜子里的自己。轻贱自己的人，是不会珍惜别人的。”木山接着说，“这里的客人都不是樱子。阳子，我们不知道你和樱子之间发生了什么，但是你好好想想，把谁都当作樱子，真的对吗？”

因为没能拯救妹妹，所以就想去帮助别的什么人，这种想法真的对吗？三个人的话刺痛了我的心，那里流出了温暖的东西。是血。心流血了，血是暖的。因为伤口被打开了，所以血流出来了。

好痛。

“可能是我错了吧。”

我按住了胸口，好痛。一直以来，我都极力忍耐着不去抱怨疼痛或辛苦，为了别人，灿烂地微笑。因为我是强者。

“就算是强者，也是会痛的。”

木山的语气很坚决，我终于还是哭了出来。像个孩子一样，放声哭了出来。美千代和笃彦来到我身边，轻柔地抚摸着我的肩膀，我感受着这份温柔，却哭得更厉害了。

“阳子，你一直都太隐忍了。”福田悠悠地说，“把你的不安都说出来吧，有什么牢骚，就发泄出来吧。”

“我不知道该怎么说。”

一直以来，自己都在扮演“好孩子”“好姐姐”啊，我真的不懂。

美千代结结实实地拍了一下我的肩膀：“真是个笨蛋，心里想到什么，全说出来就好了。”

“要不然这样吧。”一直沉默的木山清了清嗓子，“我们成立个互助会。”

一瞬间，大家都静了下来。

“放肆自我，互相倾诉的互助会。”

这个人一脸严肃地在说什么呀？我连眼泪都忘了擦，呆呆地望着木山。

沉默了一会儿之后，福田爽朗地笑了起来。

“这个主意不错。阳子这性格，就算我们告诉她想到什么就要说什么，她还是不会说的。但是在互助会里嘛，她就必须听我们的心里话了。”

“还有我的！”

美千代双手合在一起，贴在一侧的脸颊边。

“那，咱们下个月就在我家集合吧。”

“我们要做什么呢？”

“秘密。”

第二周，我带着笃彦去了美千代家。美千代把我们带去了书法教室。福田和木山早就到了，正毕恭毕敬地坐在学生用的书桌前。

“要做什么？”

我又重复了一遍上周的问题，美千代轻轻地笑了一下。

“先在这里写下你想要实现的愿望。”

也不用非得拿笔写出来吧？但是因为美千代的态度太强硬了，这句话最后也没说出口。

“该写什么呢？”

我拿着笔不知道该写些什么，就这么呆呆地对着纸发呆。

“那我先写吧。”

福田蘸上墨，开始动笔了。美千代看见他用毛笔写下“想被猫咪包围”几个字，扑哧一声笑了出来。

“这是什么呀？”

“就是想被很多很多猫环绕。”

福田认真地说。他从以前就一直很喜欢猫。

“那我也来写。”

木山拿起笔，表情庄重地写下“只想吃米果花生里的花生”几个字，写完后自己还满意地点点头。

“好，我也来。”

美千代卷起袖子坐在了我的身边。她大概是对家务有颇多不满，连写了好几遍“最讨厌洗碗”“不想叠衣服”，字迹却意外地显得生气勃勃。

“来，阳子也写写看。”

被催促着再一次拿起了笔。笃彦站在我的身边，认真地盯着。我试着写下了“不会打扫卫生”。这既是事实，也有几分模仿美千代的意思。

“你写‘想要一百万日元’也行哦。”

美千代说。

“这是你的愿望吧？”

福田和木山笑着调侃。

完全想不出自己最想要的是什么，最想做的是什么。

“那你最讨厌的是什么？”

木山问。讨厌什么？我从来没有想过。

不要留笃彦一个人。

——每天，我都在思虑要是自己死了怎么办。我恐惧的不是死亡本身，而是自己死后留下笃彦一个人。

死亡很可怕。

——虽然可怕，但是每个人都会有那一天。

我的葬礼要在旅馆的内院里举行。

——笃彦最喜欢那个院子了。我又握紧了手中的笔。如果在院子里，就不会害怕了吧。那里很敞亮，还有很多笃彦喜欢的花。

丧礼上要准备很多笃彦喜欢的点心。

要放笃彦喜欢的《罗宾队长》的主题曲。

要放飞很多气球。

……

“阳子真是个傻瓜。”美千代将手轻放在我的肩上，低声说，“写的都是笃彦的事。都说了是要写你的愿望。”

“是啊，这就是我的愿望。”

这些是为了笃彦，但是归根结底是为了深爱笃彦的自己。我想，做让自己深爱的人高兴的事，可能就是最大的“放肆”吧。

“没事的，阳子。”

美千代站起来，抱住了我。她的泪水滴落在桌上，慢慢汇成了一小片泪海。

“我们不会让笃彦孤单的。阳子也是，我们不会让你孤单的。”

从美千代家回去的时候，紧紧牵着我的手的笃彦突然在路上停下来。

“妈妈，你看。”

他指了指地面。这里之前是铁路，所以到路边有一道铁丝网。在铁丝网边，一些蓝色的小花开花了。

“美丽的鲜花正盛开呢。”

虽然只有几朵，却都很精神，我刹那间就被那小小的蓝色花瓣吸引住了。

“真的呢。”

我蹲下身来，笃彦也跟着蹲在身边。他的脸庞小小的，脖子细细的，阳光照亮了脸上细软的汗毛。

“妈妈很喜欢花呢，每次看到花开了都会笑。”

终于明白，原来笃彦失去笑容是因为自己不再笑了。

“是啊。”

这朵花真的很美。美丽的鲜花正盛开。说出这句话时，我感受到了一股发自内心的喜悦。

“没事的。”毫无来由地，我对笃彦说，“我们一定什么都能克服，因为美丽的花儿都开了。”

“对啊，花儿都开了。”

笃彦以小大人似的语气重复道。怪模怪样的语气逗得人不由得笑了起来。

是的，我根本不强大，也不温柔，可能比路边那些小花还要脆弱。

“但是，笃彦，妈妈还是决定不卖旅馆了。世界上肯定有人需要它。”

我牵紧笃彦的手，再次踏上了归途。

我相信，就算是这样的自己，肯定也有能做到的事。为什么活下来的是自己，而不是樱子，不是丈夫？这肯定也有着某种意义。我想继续经营旅馆，这和我放心不下笃彦一样，都是自己任性的想法。或许，我才是那个最任性的家伙吧。这个神奇的想法，让我感到轻松了许多。

“妈妈会努力的，这可不是在逞强哟。因为，妈妈不是一个人。”

笃彦点点头，紧紧握住了我的手。

最重要的东西，就在自己的手心里。

**图书在版编目（CIP）数据**

在那港湾旅馆的内院里 /（日）寺地春奈著；刘雨桐译.
—杭州：浙江文艺出版社，2020.9
ISBN 978-7-5339-6049-0

Ⅰ.①在…　Ⅱ.①寺…　②刘…　Ⅲ.①长篇小说-日本-现代　Ⅳ.①I313.45

中国版本图书馆 CIP 数据核字（2020）第 039037 号

**在那港湾旅馆的内院里**
作　　者：〔日〕寺地春奈
译　　者：刘雨桐
统筹策划：柳明晔
责任编辑：邵　劼
营销编辑：张恩惠
出版发行：浙江文艺出版社
地　　址：杭州市体育场路 347 号
网　　址：www.zjwycbs.cn
经　　销：浙江省新华书店集团有限公司
印　　刷：杭州富春印务有限公司
版　　次：2020 年 9 月第 1 版
印　　次：2020 年 9 月第 1 次印刷
开　　本：850 毫米×1168 毫米　1/32
字　　数：125 千字
印　　张：6.875
插　　页：2
书　　号：ISBN 978-7-5339-6049-0
**定　　价：42.00 元**